Collection Théâtre en poche

Collection dirigée
par Sylvie Florian-Pouilloux

ISBN 2-910333-47-7

David Decca

Le Roman de Lulu

LES ÉDITIONS DU LAQUET

Le Roman de Lulu a été créée
le 8 octobre 1996
au Petit Théâtre de Paris
(production Alain Van Eeckhout et Artémis, Pascal Héritier)

avec
Sandrine Kiberlain
Gérard Darmon
Roger Van Hool
Laurent Bateau

dans une mise en scène de
Didier Long

décors : Nicolas Sire
lumières : Gaëlle de Malglaive
effets sonores : Michel Winogradoff
costumes : Bruno Davanzo
musique : Mathilda May

À Bob, Gégé, Coco et Riton,
et puis Abraham.

Le décor représente la pièce dans laquelle vit et travaille Roman. Une grande planche sur deux tréteaux supporte un téléviseur vu de dos, un magnétoscope et un fouillis de fils et de papiers.

1

Roman (dans les cinquante ans) est seul en scène dans un fauteuil roulant. (On sonne).

Roman — On sonne.

Lulu 25 ans sort de la salle de bains.

Lulu — *(énervée)* J'avais entendu.

Roman — *(calme, trop calme)* Excuse-moi. *(Elle va ouvrir).*

Lulu — Non c'est moi qui m'excuse... C'est Marc.

(Entre Marc, 35 ans).

Roman — Non, c'est moi. Je t'assure c'est ma faute.

Marc — Alors ? Ça va tout le monde ?

Lulu — Non, ça ne va pas ! J'en ai marre ! Marre, marre, marre... J'en ai... marre !! *(à Marc)* Tu peux répondre à mes questions ?

Marc — Mais bien sûr, avec plaisir.

Roman — *(à Marc)* Tu prends des risques.

Lulu — *(à Marc)* Qu'est-ce que je peux faire comme travail si je change de travail ?

Marc — Mais... je ne sais pas moi... tu es comédienne...

Lulu — J'en ai marre d'être comédienne ! Je n'arrive à rien, ça ne mène à rien, y a que des merdes ! Donc je veux changer de métier.

Marc — Bon. Tu sais faire quoi.

Lulu — Rien.

Roman — Là tu vois, si tu veux, c'est très ouvert, tout est possible.

Lulu — *(à Roman)* Toi ça va hein ! Le problème est le suivant : je veux faire autre chose et je ne sais rien faire d'autre.

Marc — Tu veux faire autre chose et tu ne sais rien faire d'autre.

Roman — Elle veut faire autre chose et elle ne sait rien faire d'autre.

Lulu — Je vous préviens !! Je... Je vous préviens !!

Marc — Bon, bon. Calme-toi Lulu... Secrétaire.

Lulu — Non.

Marc — C'est bien, secrétaire.

Lulu — Il faut taper à la machine ?

Marc — Ben... oui... Secrétaire...

Lulu — Alors c'est pas bien.

Marc — C'est pas bien, c'est pas bien... alors euh... commerçante.

Lulu — Commerçante... pas mal... quel genre ?

Marc — Je ne sais pas moi...

Lulu — C'est vague tout de même.

Marc — Disons... marchande de...

Lulu — Ah non. Pas marchande.

Marc — Pas marchande... Je... je ne sais pas.... je ne trouve rien...

Lulu — Tu m'es d'un grand secours tu sais. Vraiment. Décidément aujourd'hui tout va mal. Je le savais. Je m'en doutais. Ça avait mal débuté. Dès ce matin j'ai commencé par me faire emmerder Aux Deux Magots

Roman — Aux Deux Magots.

Lulu — J'ai pris mon petit déjeuner toute seule Aux Deux Magots ce matin. Parfaitement. Il n'y avait plus de place au Flore.

Roman — Toute seule Aux Deux Magots, quelqu'un de normalement constitué c'est-à-dire n'importe qui peut penser que tu dragues.

Lulu — Quand je lis mon texte Aux Deux Magots pour essayer de l'apprendre pour la répétition du soir je drague ? Moi j'appelle ça du harcèlement sexuel sur le lieu de travail ! Ça faisait dix minutes qu'il me regardait avec des bouts de croissants collés aux coins des lèvres et une tache de café sur la cravate.

Roman — Observatrice non ?

Lulu — On ne sait jamais, il aurait pu être bien.

Roman — C'est ce que je pensais. Si le type te plaît c'est un mec sympa qui engage la conversation, sinon c'est un vieux salaud qui drague.

Lulu — Exactement. Tu croyais quoi d'autre ?

Roman — Rien rien. C'est bien de l'admettre.

Lulu — Eh bien je l'admets. Il était moche et sale, il avait les ongles rongés et noirs, quand même, faut le faire ! Et malgré ça il me dit : vous lisez quoi ? Tu vois tout de suite la connerie de la question.

Roman — *(à Marc)* Je parie qu'elle lui a répondu à très haute et très intelligible voix : « qu'est-ce que ça peut vous foutre ! Occupez-vous de vos fesses ! »

Marc — Non.

Lulu — Si. Exactement si.

Roman — Il n'avait aucune chance de s'en sortir. Moche plus sale... le fou.

Marc — Il ne pouvait pas savoir.

Roman — C'est ça qui est terrible. On ne peut pas savoir. Ça peut nous tomber dessus n'importe quand. Elle n'est pas réelle tu comprends. Elle s'est échappée d'un bouquin ou d'un film. Nous maintenant on se méfie... mais les autres... les autres...

Lulu — Les autres, bien fait pour leur gueule.

Roman — Moi je me demande une chose...

Lulu — Il va encore dire une connerie.

Roman — D'accord, je me tais.

Marc — *(à Lulu)* C'est peut-être intéressant...

Lulu — C'est toujours intéressant ce qu'il dit mais c'est souvent des conneries.

Roman — N'empêche que je me demandais une chose...

Lulu — Alors vas-y. *(A Marc)* Sinon on en a pour la soirée.

Roman — Oui. Alors... du coup je ne me souviens plus de ce que...

Lulu — *(à Marc)* Tu vois.

Marc — On parlait des Deux Magots.

Roman — Mais oui, les Deux Magots. Je me disais que si au lieu de renvoyer ton amoureux dans sa famille et dans les affres du repentir et du remords, si au lieu de ça tu lui avais dit : ce que je lis beau jeune homme ? Je lis le Kama Soutra. Il aurait répondu : le Kama Soutra ? Dites-moi, c'est intéressant... C'est pour votre travail ? Et tu lui aurais dit : « Oui, c'est pour mon travail. Si vous voulez essayer c'est 2000. »

Lulu — *(à Marc)* Je ne comprends rien de ce qu'il dit.

Marc — Moi je crains que...

Roman — *(à Lulu)* Tu veux changer de métier ! Alors je propose Kamasoutresque ou quelque chose comme ça.

Lulu — C'est super !

Marc — Vous êtes fous tous les deux ! Complètement fous ! Roman ! Tu imagines, tu lui proposes simplement de se prostituer ! *(À Lulu)* Et toi tu trouves ça super !

Lulu — Prostituer ?

Roman — C'est vrai qu'en y repensant...

Lulu — Mais ça n'a rien à voir !

Roman — Ben... Je me demande....

Lulu — Tu crois ? C'est curieux mais tu vois dans la mesure où c'est toi qui me le proposais je n'avais pas fait le rapprochement.

Marc — Mais quel rapprochement ! Il n'y a aucun rapprochement ! Il te dit carrément de te faire ce mec pour 2000 balles.

Roman — C'est vrai, 2000. Mais il avait les ongles noirs.

Lulu — Tu crois qu'il aurait accepté ?

Marc — Mais enfin ! La question ne se pose pas ! Tu ne dois pas te la poser !

Lulu — Oui, mais je me la pose. Je signale tout de même que je veux changer de métier et que c'est la première idée intéressante que l'on me soumet. Alors s'il vous plaît... on discute.

Roman — Marc a raison. Laisse tomber. J'ai dit ça pour t'énerver.

Lulu — J'étais déjà énervée.

Roman — Justement, c'était facile.

Lulu — *(sérieuse)* Pourquoi fais-tu des choses faciles avec moi ?

Roman — Pourquoi je... c'est quoi la question ?

Lulu — Je voulais savoir pourquoi tu faisais ce genre de choses faciles avec moi.

Roman — Pourquoi ?... Mais je ne sais pas moi... pour rire... pour faire rire Marc...

Lulu — Je suis contente que pour faire rire Marc tu me proposes de me prostituer.

Marc — En plus ça ne m'a pas fait rire du tout.

Lulu — Moi non plus. Ça m'a fait peur.

Roman — Tu as eu peur ? Mais tu n'avais pas l'air d'avoir peur. Tu n'avais même pas l'air d'avoir compris ce que je... tu as eu peur...

Lulu — Oui vraiment. Pendant 33 secondes, vraiment.

Roman — Mais tu as sauté de joie ! Tu as dis c'est super ! Je croyais que tu plaisantais avec moi, que tu savais que je plaisantais, que tu savais que c'était juste comme ça, pour te faire rire.

Lulu — Un jour je crois que tu pourras arriver à me faire mourir de rire.

Roman — Lulu, je ne voulais pas...

Lulu — Est-ce que je sais moi ce que tu ne veux pas !

Roman — Arrête, maintenant ! Ça suffit !

Lulu — *(à Marc)* Un de ces jours je vais le prendre au mot. Je vais employer la méthode Coué ou n'importe qu'elle autre s'il y a moins cher et je vais me persuader que je suis heureuse sans lui. Et je vais partir. Je sens que je vais partir, Roman et ce sera bien fait pour toi. On aura tenu cinq ans... pas trop mal non ? *(À Roman)* Arrête de me regarder avec ce sourire idiot, réponds moi. *(À Marc)* C'est son truc ça, dès qu'il ne sait plus quoi dire, il sourit. *(À Roman)* Lève-toi de ce fauteuil !

Roman — Je t'aime.

Lulu — J'ai l'impression de voir deux films à la fois avec un mélange au niveau des dialogues. Je te dis tu vas m'obliger à partir et tu me réponds je t'aime, tu appelles ça une conversation ?

Roman — Un échange d'idées.

Lulu — Un échange d'idées contre des inepties.

Roman — Je veux que tu sois heureuse et tu seras heureuse même sans moi !

Lulu — Je n'en peux plus. Marc je n'en peux plus, je t'en prie emmène-moi prendre un verre quelque part, je ne peux plus discuter, je ne peux plus... il veut que je sois heureuse et je suis heureuse là maintenant avec lui. Plus que jamais. Ce type est monstrueux. *(À Roman)* Je me demande sérieusement Roman si tu ne te venges pas doucement sur moi de je ne sais quoi, un truc qui te serais arrivé dans ton enfance ou je ne sais pas quand. Je me demande si tu n'essaies pas petit à petit de m'anéantir. Viens Marc, on s'en va *(ils se dirigent vers la porte et sortent)*. Excuse-moi Roman. Je ne pensais pas vraiment ça mais je préfère que tu saches que de temps en temps je le pense. Même si c'est pas vraiment.

Roman se lève, va vers la porte, ouvre et regarde sur le palier, puis il revient s'asseoir.

2

La lumière se fait sur Roman debout devant le téléviseur, une télécommande à la main. Une cassette défile. L'image éclaire le visage de Roman et on entend la bande son.

Lulu — *(off)* J'ai commencé ma petite cassette cadeau de cinquième anniversaire par un plan fixe sur les Deux Magots pour que tu aies le souvenir de mon plus mauvais souvenir. Je n'ai pas eu beaucoup de mauvais souvenirs avec toi donc si après le plan fixe tu décides de continuer à visionner tu vas avoir des vraies images et des vrais bons souvenirs Roman.

Il manœuvre la télécommande. L'image cesse de défiler et d'éclairer son visage. Il semble réfléchir et hésiter puis il actionne de nouveau la télécommande et l'image défile ainsi que la bande son.

Lulu — J'espère que tu vas constater que j'ai profité de tes conseils sur le montage. *(Il sourit, visiblement ému).* Tu vas bien ? Roman tu vas bien ?

Il s'assoit dans son fauteuil roulant et regarde fixement l'écran. On entend maintenant des rires, des cris.

Lulu — *(off)* Attention ! Attention tu vas le faire tomber !

Roman — *(off)* C'est toi ! Tu pousses trop vite !

Cameraman — *(off)* Eh ! Arrêtez ! Je peux pas suivre moi ! Hé ! Attention ! la bouche, la bouche ! la bouche de métro !!! *(À part)* Cinglés, ils sont complètement cinglés ces deux là... *(il crie)* Doucement ! doucement... Je ne peux pas filmer dans ces conditions, je suis désolé...

Lulu — *(off)* On se calme Paul, c'est pas la Fémis, c'est privé tant pis si ça bouge... tant mieux si ça bouge...

Paul cameraman — *(off)* Tu parles si ça bouge !... Ça va être illisible oui ! Le kiosque ! Le kiosque ! Attention au kiosque....

Des rires, des cris... « relevez-le... c'est la roue... vous avez cassé une roue... il s'est fait mal ? Non ? » Encore des rires et des rires. La bande son décroît et c'est la voix de Lulu :

Lulu — Je sais ça démarre sec. Cinq ans. Tu te souviens ? On venait de se rencontrer. Tu m'avais dit que je ne serais pas capable de te pousser dans un landau sur les Champs Elysées. Entre parenthèses, on avait parié 500 balles et je les attends toujours... Là, c'est moi qui filme en faisant les courses. Petit exercice. Tu te souviens, c'était quelques mois plus tard, le jour du soleil sur les blouses noires...

Roman coupe net l'image et le son avec sa télécommande. L'écran devient noir et pendant deux ou trois secondes la scène aussi. Puis la scène seule se rallume et on voit Roman en train de pousser le fauteuil roulant vide vers la fenêtre. Roman s'assoit dans le fauteuil et regarde immobile à l'extérieur. Il fait jour.

La planche sur les tréteaux est vide ou presque. Plus de fouillis, nous ne sommes visiblement plus à la même époque. Roman semble dormir.

Lulu entre sur la pointe des pieds. Elle vient de faire quelques courses et pose doucement ses achats sur la table. Elle va vers le frigo, prend une boite à œufs, revient vers la table et sort un à un les œufs qu'elle met dans la boite en essayant de faire le moins de bruit possible.

Roman — L'odeur du soleil sur les blouses noires...

Lulu — *(surprise laisse tomber l'œuf quelle mirait)* Je croyais que tu dormais.

Roman — Je dormais, je rêvais, l'odeur du soleil sur les blouses noires m'a réveillé. Il fait beau dehors ?

Lulu — Très beau. C'est quoi cette odeur de soleil sur les blouses noires ?

Roman — C'est l'odeur, l'odeur du soleil. Je rêvais de ça quand tu es revenue. Au printemps. C'était au printemps, le premier jour d'école sans manteau, juste avec une blouse noire.

Lulu — Pourquoi une blouse noire ?

Roman — Je ne sais pas... Je suppose qu'à l'époque c'était obligatoire.

Lulu — Sympa.

Roman — Non mais obligatoire... Le soleil sur le tissu noir propre, sûrement un peu amidonné dégageait une odeur formidable que je n'ai jamais oubliée.

Lulu — Une odeur comment ?

Roman — Eh bien justement l'odeur du soleil sur les blouses noires.

Lulu — On tourne en rond.

Roman — Pléonasme !

Lulu — Menteur !

Roman — Pléonasme c'est sûr.

Lulu — Pas du tout, personnellement je peux tourner en ovale.

Roman — Tu es jalouse de cette histoire d'odeur de soleil sur les blouses noires.

Lulu — *(vient près de lui)* Ça m'étonne, tu as l'air sérieux, je pensais que tout ça c'était pour me faire le coup de la blouse noire avec rien en dessous.

Roman — *(ouvre sa veste d'intérieur)* évidemment, avec rien en dessous.

Lulu — J'en étais sûre !

Roman — Heureusement ! *(Sonnerie du téléphone, il passe sa main sous sa jupe)* J'ai le courage de mes opinions moi, je n'utilise pas d'artifice du genre porte-jarretelles ou petite culotte comme certaines. Chez moi tout est naturel.

Lulu — Téléphone, il faut que je réponde.

Roman — Comment peux-tu envisager de répondre au téléphone alors que je viens de parler de tes porte-jarretelles et de ta petite culotte et que je suis en train de les lire en braille ?

Lulu — Le répondeur n'est pas branché, il faut répondre !

Roman — Je crois que tu ne m'aimes plus.

Lulu — Quel con ce mec !

Roman — C'est la première fois que le répondeur n'est pas branché quand je te parle de porte-jarretelles et de petite culotte. Donc tu ne m'aimes plus.

Lulu — C'est la première fois que tu me parles de blouse noire quand je casse un œuf. J'ai des excuses.

Roman — Réponds et si c'est ta mère, je te quitte.

Lulu — Ma mère ? Ça ne risque pas je l'ai eue hier.

Roman — Réponds !

Lulu — *(décroche le téléphone portable)* Allô ?... *(silence)* Maman ? Bonjour... Non... Non ça a sonné juste une fois... *(Roman roule le fauteuil vers la porte)*

Roman — Salut ! Embrasse-la pour moi !

Lulu — *(court se coller devant pour l'arrêter. Au téléphone)* Oui oui... Roman avait un problème il fallait que je lui donne un coup de main. Comment... Quel problème ? Rien de grave... *(à Roman, qui essaie de soulever sa jupe)* Arrête !... Non maman, je parle à Roman... Parce qu'il essaie de ... Je te rappelle *(il l'assoit de force sur ses genoux)*. Je t'assure rien de grave... Il faut que je l'aide c'est tout... Et c'est urgent.

Elle raccroche, laisse tomber le téléphone et l'entoure de ses bras.

3

Même époque, un peu plus tard.

Lulu — Qu'est-ce que tu fais ?

Roman — J'écris.

Lulu — Quoi ?

Roman — Une lettre.

Lulu — À qui ?

Roman — À toi.

Lulu — À moi ? Tu m'écris !

Roman — Oui.

Lulu — Comme tu es mignon, tu m'écris !... Pourquoi tu m'écris ? Tu peux me parler, je suis là.

Roman — Justement.

Lulu — Justement quoi ?

Roman — Justement tu es là et j'ai peur que tu partes.

Lulu — Mais... mais non !

Roman — Mais si.

Lulu — Mais enfin c'est ridicule !

Roman — Je ne veux pas que tu partes.

Lulu — Bien sûr que non je ne pars pas ! Qu'est-ce que c'est que cette histoire ! Tu n'as pas besoin de m'écrire pour ça.

Roman — Tu connais le proverbe : les écrits restent. Alors moi j'écris et toi tu restes !

4

Quelque temps plus tard.

Lulu — Donc, les images sont dans la cassette ?

Roman — Oui. C'est triste de vieillir. Tu apprends de moins en moins vite.

Lulu — *(hausse les épaules)* Et on met la cassette dans le magnétoscope.

Roman — Oui.

Lulu — Et dans le magnéto il y a une petite tête ?

Roman — De lecture. Oui. Qui lit.

Lulu — Qui lit... qui lit, rien que de dire ça, ça me chatouille.

Roman — Lulu ! S'il te plaît, nous terminons la leçon.

Lulu — Je croyais que nous avions terminé.

Roman — Pas du tout.

Lulu — Excuse-moi. Toi c'est ton métier, tu fabriques des génériques chez toi. Toute la journée tu fais des trucs bizarres avec tes cassettes. Moi je me contente de jouer la comédie, quelques fois devant une caméra pour être enregistrée et pour être après lue par la tête qui lit. Le reste...

Roman — Et le montage, et les effets spéciaux ? Il faut que tu apprennes !

Lulu — Je suis à ton entière disposition pour le montage et les effets spéciaux mon Roman.

Roman — Ma Lulu ... Quelle heure est-il ?!

Lulu — Trente-cinq.

Roman — Mon émission ! J'ai mon émission qui passe !! Vite !!! *(il est complètement affolé)* Trois semaines de boulot !

Lulu — *(très très calme)* Tu vois, c'est là que je dis que la vidéo nous envahit...

Roman — *(s'agite dans tous les sens)* On va la rater ! Tu es assise sur mon câble !

Lulu — La vidéo nous envahit, la vidéo nous envahit grand gras gros grains d'orge... tu sais ?

Roman — Quoi ?

Lulu — La vidéo tue l'existence.

Roman — Lulu. Mon câble ! Tu es assise sur mon câble ! Lève-toi !

Lulu — *(se lève et lui tend un câble)* Tiens. Je te signale que s'il est chaud ce n'est pas à cause de lui mais à cause de moi.

Roman — Tu peux l'enfoncer là.

Lulu — Bien sûr, là ?

Roman — Non. À gauche... c'est ça. *(Il continue à s'affoler sur ses câbles).*

Lulu — *(enfonce le câble et s'assoit)* Tout cet environnement de légèreté, de sensualité, de facilité, la notion de cour, faire la cour...

Roman — Tire dessus !

Lulu — *(se penche et tire)*... disparaît pour faire place à la machine, la machine qui va remplacer le sexe...

Roman — Passe-moi la télécommande. Quel sexe ?

(Il continue à brancher et débrancher).

Lulu — La machine remplace le sexe. Les objets de tous les jours deviennent des objets sexuels, les téléphones sans fil, l'électronique... nous sommes les enfants du 220 volts.

Roman — Arrête de délirer. Appuie sur le bouton !

Lulu — Bien sûr. Toujours à charge de revanche. *(Elle appuie)* Tu vois. Appuie sur le bouton. Quand Casanova disait ça, c'était merveilleux, c'était le début de la jouissance, la montée chromatique de l'orgasme...

Roman — Pourquoi ça marche pas... Lulu ! Tu n'as pas appuyé !

Lulu — Si *(elle montre le bouton).*

Roman — Comment si ! Mais c'est pas le bon bouton ! C'est l'autre là !

Lulu — *(grandiloquente)* Alors moi je te le dis Roman, nous vivons la fin d'une civilisation ! On ne reconnaît même plus son bouton !

Roman — Je vais rater l'émission Lulu ! Je vais rater mon émission !

Lulu — Et voilà ! On rate sa petite émission, c'est la panne, c'est la fin...

Roman — Lulu. Je t'en prie ! Appuie !

Lulu — *(grandiose)* Non Roman, je suis trop déçue par cette vie de câbles, de fils, de courant alternatif ou continu, de fréquences, de mégahertz. Je n'appuie plus. Je ne réponds plus.

Roman — Mais appuie ! Tu as bu ou quoi ! C'est pas vrai ça !

Lulu — J'ai bu le poison de la civilisation dans le calice de la technique, j'ai bu la liqueur qui perle quand les téléphones s'enfilent, je me suis nourrie au lait de la science et de la mécanique ondulatoire... Bon ! Alors ! On baise oui ou non !

5

On revient au présent et on entend à nouveau les rires de la scène du landau :

Roman — *(off)* Braque ! Braque !

On entend Lulu dire entre deux éclats de rire « je n'ai pas le permis, je n'ai pas le permis !» Roman coupe la Vidéo. Noir.

6

Lulu et Roman sont seuls, vêtus différemment. Quelques changements dans le décor.

Lulu — Je renonce à apprendre à conduire.

Roman — Je ne savais même pas que tu en avais l'intention.

Lulu — Eh bien si. Tout le monde me demande si je sais conduire et quand je dis non on a l'air de me prendre pour une martienne.

Roman — Et malgré tout tu renonces ?

Lulu — Oui.

Roman — Merci. Merci pour tous. Le premier jour, je suis sûr que tu aurais entraîné la perte irrémédiable d'au moins 50 % du parc automobile des quatre arrondissements limitrophes. Je te rappelle que tu as eu ton premier accident l'an dernier avec une poussette !

Lulu — Ta confiance m'honore. De plus, c'était un landau et il ne tenait pas la route. Mes qualités intrinsèques ne sont pas en cause.

Roman — Non. Mais je ne veux pas que tu conduises.

Lulu — Je ne veux pas... je ne veux pas... disons que tu ne souhaites pas...

Le téléphone sonne, Roman décroche.

Roman — Allô ? Ah !.. Comment vas-tu ?... Moi bien... *(il regarde Lulu)* Bien aussi... Sans blague ?... Non !... Je ne sais pas... oui... sûrement... sûrement, fais-le... absolument... On se rappelle. Tiens-moi au courant. Je t'embrasse. *(Il raccroche, à Lulu)* Non, je ne souhaite pas.

Lulu — Qui était-ce ?

Roman — Jeanne.

Lulu — Encore ! Qu'est-ce qu'elle veut cette vieille peau ?

Roman — Ne sois pas agressive.

Lulu — Je ne suis pas agressive. Je la trouve un peu collante.

Roman — Tu sais bien que je ne me suis jamais fâché avec mes anciennes amies. Elles m'appellent souvent, me demandent conseil, remèdes et onguents, oui madame.

Lulu — Elles veulent surtout se faire sauter oui monsieur !

Roman — Tu es jalouse, c'est tout.

Lulu — Évidemment que je suis jalouse ! Bien sûr je suis jalouse. Je suis plus que jalouse, je ne supporte pas l'idée.

Roman — Je te rappelle que je l'ai connue il y a longtemps. C'était avant.

Lulu — Je me fous de quand c'était. C'était, c'est tout.

Roman — Et ça n'est plus.

Lulu — Oui mais moi je visualise et ça me tord le ventre. C'est... comme si on m'enfonçait un fer rouge.

Roman — On t'a déjà enfoncé un fer rouge ?

Lulu — Non. À part toi, jamais.

Roman — Alors comment tu sais que c'est pareil ?

Lulu — D'abord c'est pas pareil c'est pire ! Et ensuite c'est une question idiote. Je le sais, point final.

Roman — Et pourquoi c'est pas comme deux fers rouges ?

Lulu — Ça dépend de la grosseur des fers figure-toi. Là c'est un seul fer et c'est pire que deux... Si elle rappelle je la tue.

Roman — Par téléphone ?

Lulu — Par où je veux... Je vais apprendre le cri qui tue et je la tue par téléphone. Je l'ai vu faire à la télé.

Roman — Je t'adore.

Lulu — Moi aussi, alors ne m'énerve pas avec cette Jeanne, ne m'énerve plus... Elle voulait quoi déjà ?

Roman — D'abord prendre de tes nouvelles.

Lulu — *(calme)* La salope.

Roman — Et ensuite me dire qu'elle avait rompu avec son copain.

Lulu — *(s'énerve)* J'en étais sûre ! Elle t'appelle pour te dire qu'elle est libre.

Roman — Mais non. Elle voulait un conseil.

Lulu — Pour se toucher la nuit ?

Roman — Tu deviens grossière.

Lulu — Moi ? C'est elle ! On ne téléphone pas pour demander des conseils sur la façon de se toucher la nuit, c'est tout.

Roman — Elle voulait juste savoir si je trouvais bien qu'elle rappelle son copain la première.

Lulu — Qu'elle le rappelle ! Qu'elle le rappelle ! Qu'elle le rappelle tout de suite ! Qu'elle retourne avec et qu'elle nous foute la paix. Elle est faite pour ce mec. C'est simple. Alors elle le rappelle et elle finit ses jours avec.

Roman — C'est ce que je lui ai dit.

Lulu — *(ravie)* Non ?

Roman — Enfin pas tout comme ça, mais en gros.

Lulu — En gros quoi ?

Roman — Je lui ai dit qu'à mon sens, en pesant le pour et le contre, eh bien elle faisait bien de le rappeler.

Lulu — Tu parles ! Je t'ai juste entendu dire... Oui... Non... Sûrement...

Roman — C'est ce que ça voulait dire... Exactement.

Lulu — Si elle le sait, c'est le principal.

Roman — C'est des réponses Lulu... ça dépend des questions...

Lulu — Elle te comprend à demi-mot. J'adore... Vous êtes restés longtemps ensemble ?

Roman — Je ne sais pas moi... Je ne sais plus... Pas longtemps je pense... Tu m'as fait perdre la mémoire... Je n'ai plus de passé et c'est uniquement pour ça que je reste avec toi. Uniquement. *(Elle se jette dans ses bras)* Bien que de temps en temps on peut dire que tu es chiante. *(Ils se figent dans cette position.)*

Lulu — Pour un bébé, c'est mieux d'avoir des parents jeunes ?

Roman — *(surpris)* Quel bébé ?

Lulu — J'ai envie d'un bébé.

Roman — Un bébé ou un enfant ?

Lulu — C'est pareil.

Roman — Pas tout à fait. Un bébé c'est comme une peluche, ça ne grandit pas. Un enfant si.

Lulu — Alors, disons un enfant. D'accord ?

Roman — Pas d'accord ! Pas d'accord, je ne suis pas d'accord ! Qu'est-ce que c'est que cette histoire !... Tu... tu es enceinte ?

Lulu — Qui ? Moi ?

Roman — Qui moi ? Bien sûr toi ! Vous êtes combien là dans cette pièce à vouloir un enfant !

Lulu — *(regarde autour d'elle)* C'est vrai qu'on n'est pas nombreuses.

Roman — Tu es enceinte ?

Lulu — J'en sais rien moi.

Roman — Tu n'en sais... comment tu n'en sais rien !

Lulu — Est-ce qu'on sait si on est enceinte ou pas... peut-être que oui... depuis... ce matin...

Roman — C'est malin... En plus je te rappelle que ce matin tu n'as pas daigné me regarder en face.

Lulu — Qu'est-ce que tu racontes ?

Roman — Je te dis que si tu penses attendre un enfant depuis ce matin, rentre chez toi, il ne viendra pas parce que ce matin tu me tournais le dos.

Lulu — C'est fin comme remarque.

Roman — C'est toi qui aborde le problème.

Lulu — Alors c'est depuis hier. Hier ça va ?

Roman — Hier ça va. Tu es enceinte oui ou non !

Lulu — Non. Apparemment non. Touche mes seins.

Roman — Tu deviens obsédée sexuelle. Voilà.

Lulu — Je l'ai toujours été depuis le jour de notre rencontre. Touche mes seins.

Roman — *(s'exécute)* Ça va comme ça ?

Lulu — Alors ?

Roman — Alors ?

Lulu — Ils ont grossi ?

Roman — Sûrement pas. Peut-être éventuellement en allant à Lourdes... un jour... un miracle...

Lulu — Grossier !

Roman — Tes seins n'ont pas changé. Au moins eux ils ne prennent pas la grosse tête. On peut toujours leur parler sans se faire traiter de grossier.

Lulu — Parce que tu leur parles maintenant, c'est nouveau.

Roman — Oui madame, contrairement à ce qui se pratique couramment, je préfère parler à tes seins qu'à Dieu.

Lulu — Crétin.

Roman — Donc, tu n'es pas enceinte. Félicitations.

Lulu — Tu penses quoi pour l'enfant. Il vaut mieux des parents jeunes ou du moins excuse-moi, un des deux parents jeunes, moi par exemple ?

Roman — Tu veux un enfant ?

Lulu — Oui.

Roman — De qui ?

Lulu — De toi.

Roman — Tu veux un enfant de moi.

Lulu — C'est quoi ? C'est la chaleur ? Ça fait une demi-heure que je te le dis. Tu as du mal aujourd'hui.

Roman — Et ça t'a pris quand cette envie ?

Lulu — Tout à l'heure. Je t'ai regardé dormir et j'ai fondu. Je suis devenue une petite flaque dont le seul but dans la vie était d'avoir un enfant de toi.

Roman — Je refuse de faire un enfant à une flaque.

Lulu — Je suis sérieuse tu sais. Si tu refuses c'est grave.

Roman — Allons bon. Voilà que ça devient grave.

Lulu — Oui c'est grave. Alors sois sérieux toi aussi deux minutes.

Roman — Et ton boulot, tu as pensé à ton boulot ? Comment on l'élève cet enfant.

Lulu — On ? C'est gentil.

Roman — C'est gentil ? Tu me demandes de te faire un enfant, alors moi je te demande comment on l'élève, c'est tout.

Lulu — Je l'élève, je me débrouille. C'est mon enfant.

Roman — Avec quoi tu te débrouilles ! Tu ne pourras plus travailler. Parce que figure-toi que les rôles de femmes enceintes ça ne court pas les rues des plateaux.

Lulu — Je m'arrêterai deux ou trois mois.

Roman — Et après, qu'est-ce que tu fais après !

Lulu — Je le mets en nourrice, je lui achète une nurse.

Roman — Tu connais le coût de l'opération ?

Lulu — Non.

Roman — Eh bien moi non plus, mais c'est cher. Et je te préviens qu'il n'est pas question que ce soit moi qui garde ton môme toute la journée ici sous prétexte que je travaille chez moi parce que je suis un des derniers artisans et que j'ai en définitive du temps de libre et que j'ai envie de compagnie dans la journée et que ça me déplairait de savoir que quelqu'un d'autre s'en occupe, parce qu'enfin, quand c'est son enfant, c'est très très désagréable de le confier à des inconnus. Pas question.

Lulu — *(saute dans ses bras)* Je t'adore !

Roman — Non, mais attends... attends, on ne va tout de même pas le faire tout de suite !

Lulu — Pourquoi pas !

Roman — Mais... non... non arrête... on n'a même pas choisi un prénom.

Lulu — On va s'y mettre, on va s'y mettre. Plus que 270 jours...

Dans le noir.

Lulu — Qu'est-ce que tu penses de Timothée ?

Roman — C'est nul.

Lulu — Adélaïde ?

Roman — Pour un garçon ?

Lulu — Ce sera peut-être une fille...

Roman — Pour faire une fille il parait qu'il faut de la bave de crapaud un soir de pleine lune... Ce sera peut-être une fille... J'aime bien les filles...

Lulu — Salaud !

7

La lumière revient. Roman est dans son fauteuil. Lulu près de lui.

Roman — *(regarde une échographie)* C'est pas évident mais effectivement oui... on reconnaît vaguement une forme...

Lulu — Il était beau non ?

Roman — Une échographie de deux mois et demi. Tu ne vas pas dire en plus qu'il me ressemblait ?

Lulu — *(éclate en sanglots et se réfugie dans ses bras).* Si.

Roman — Calme-toi, je t'en prie... je ne supporte pas de te voir pleurer.

Lulu — *(pleurant)* Ils n'ont même pas voulu me dire... mais je suis sûre que c'était un garçon.

Roman — C'est bien réconfortant.

Lulu — Quel gâchis, quel gâchis.

Roman — J'ai peut-être des spermatozoïdes grabataires ?

Lulu — Ça n'a rien à voir avec toi. Ils l'ont dit que c'était moi le problème.

Roman — Enfin le corps médical confirme ce que j'ai toujours pensé. C'est toi le problème !

Elle rit en pleurant.

8

On revient au présent, Roman joue de la télécommande. La télé éclaire son visage.

Bruits de chute dans l'eau... Cris des passants «aidez-le, mais aidez-le donc» Rires, rires encore... le son décroît...

Lulu — (*off*) Là c'est Marc, le jour où il attendait avec nous qu'elle arrive, au Luxembourg. Quelle éclatade ! Tu te souviens ? Il avait voulu aider un petit garçon à pousser son bateau... Il va bien Marc ?

La télé s'éteint. La scène aussi quelques secondes.

Elle se rallume, Roman et Marc sont sur scène, c'est un retour en arrière.

Un peu avant l'époque du tournage de cette vidéo du Luxembourg. Le jour de la rencontre avec Marc.

Roman est assis dans son fauteuil roulant.

Roman — Et l'odeur des blouses noires ?

Marc — Quoi ?

Roman — Ça ne vous fait pas ça à vous quand le printemps arrive, cette impression de sentir l'odeur du soleil sur une blouse noire...

Marc — C'est quoi comme odeur ?

Roman — Inexplicable... Vous savez, il parait que les aveugles entendent beaucoup mieux et reconnaissent des choses simplement au toucher... Je me demande si moi dans mon petit fauteuil je n'acquière pas un sens de plus. *(Silence)* En tout cas ce serait une consolation.

Marc — Ça vous est arrivé comment ?

Roman — Bêtement.

Marc — Si vous préférez ne pas répondre, je comprends très bien...

Roman — Pas du tout, au contraire, j'adore parler de ça. Je trouve que les autres... Vous savez ? L'enfer ! Les autres sont plus bloqués que moi là-dessus. En fait j'ai essayé d'arrêter deux types qui me piquaient ma voiture dans un parking.

Marc — Les arrêter !

Roman — Oui, je pensais stopper la voiture en glissant mes jambes sous les roues.

Marc — Non !

Roman — Non. Je suis tombé sous les roues. Bêtement. C'est ce que je disais.

Marc — On les a retrouvés ?

Roman — Non. Ni eux, ni l'usage de mes jambes. (Silence) Dix ans. Pour l'instant j'en ai pris pour dix ans.

Marc — Je... je suis... vous allez peut-être guérir ?

Roman — Non. Et ne me dites pas le contraire, pour une

fois que les médecins sont d'accord sur quelque chose...

Marc — Vous resterez paralysé à partir de la ceinture ?

Roman — Je ne suis pas paralysé à partir de la ceinture mais à partir des couilles. *(Silence)* Vous voyez ce que je veux dire ?

Marc — *(très gêné)* Si, si... bien sûr...

Roman — Non incluses.

Marc — Pardon ?

Roman — Non incluses les couilles.

Marc — Oui.

Roman — Elle fonctionnent.

Marc — Oui, oui.

Roman — Normalement.

Marc — Oui.

Roman — Je vous en parle parce que je sais très bien que dès qu'on me voit on se pose la question.

Marc — Oui.

Roman — Alors je réponds le premier... Sinon ça va vous ?

Marc — Euh.. Oui, oui... ça va.

Roman — Bon.

Marc — Mais vous savez, je... je n'aurais pas demandé.

Roman — Demandé quoi ?

Marc — Pour les... les...

Roman — Je sais, mais vous vous seriez posé la question, donc vous avez la réponse.

Marc — Non mais vraiment je n'y pensais pas, vraiment pas.

Roman — Et maintenant vous y pensez ?

Marc — Forcément.

Roman — Qu'est-ce que je vous disais ! N'y pensez plus !.. Sinon ça va vous ?

Marc — Oui bien sûr ça va... *(silence)* Ça doit tout de même poser des problèmes...

Roman — Quoi donc ?

Marc — Je veux dire pour... techniquement... ça doit poser des problèmes pour vous et...

Roman — Oui. Quelques-uns.

Marc — J'en étais sûr ! *(silence)* Et... et quel genre de problème ?

Roman — C'est une bonne question. Essentiellement des problèmes techniques. Vous voyez ?

Marc — Je vois. Enfin pas vraiment, non.

Roman — C'est difficile à imaginer.

Marc — Oui.

Roman — On s'est inspiré des BASCULOS.

Marc — Des quoi ?

Roman — Des BASCULOS, un numéro de cirque très fort. Vous vous souvenez *(il imite un présentateur de music hall)* « Et maintenant les BASCULOS !!! Un numéro qui a fait le tour du monde Messieurs Dames ! Les BASCULOS !!! On les applaudit » *(à Marc)* Les BASCULOS, des vedettes de la Piste aux Étoiles, du Cirque de Moscou, Pinder, Amar, Zavatta... Tout quoi. Très fort. Même l'Olympia. Je ne sais même pas si Bobino... Je me renseignerai... Très fort. Un numéro de grande classe. Le Crazy, le Lido. Tout ça... Très fort. La classe. Un numéro de main à main. *(Présentateur)* « Les BASCULOS !!! le numéro de main à main le plus fort du monde. » *(à Marc)* Très fort, une fille... très légère. Et le type costaud. Très costaud. Costaud des mains... et des bras... Très fort. Les BASCULOS ! Ça vous dit quelque chose ?

Marc — Non

Roman — Dommage, ça vous aurait donné une idée... des idées.

Marc — Mais je me rends dès à présent très bien compte... vous expliquez très bien, c'est très clair. Très direct. Vous êtes très direct.

Roman — Justement.

Marc — Oui ?

Roman — Il faut que j'aille pisser.

Marc — Allez-y Roman, allez-y ne vous gênez pas pour moi. *(Arrivée de Lulu, les bras chargés de provisions.)*

Lulu — On va se régaler !

Roman — Marc ?

Marc — Oui ?

Roman — Il faudrait m'accompagner aux toilettes, je n'y arrive pas tout seul.

Lulu — *(à Marc)* Je l'aurais bien fait, mais j'ai déjà les mains pleines.

Marc — *(inquiet)* Je dois faire quoi ?

Roman — Venez, je vais vous montrer.

Lulu — Allez-y Marc, vous avez de la chance, il ne demande pas ça à n'importe qui...

Marc — *(pousse le fauteuil)* Je me rends compte... je suis touché... vraiment...

Roman — (*tourne la tête pour regarder Lulu. À Marc)* Regardez comme elle est belle ! J'en ai les jambes coupées.

Lulu — Pauvre con ! Allez-y Marc. Moi je prépare... On va se régaler... *(elle commence à déballer).*

Roman — (*à Marc*) Avançons à l'intérieur, je vais vous montrer tout ça.

Ils sortent, l'un poussant l'autre. Lulu déballe. Fruits, salades, etc, concombre. Elle vaque et écoute visiblement les bruits en provenance de la salle de bains.

Tout cela semble beaucoup l'amuser.

Marc et Roman reviennent, l'un poussant toujours l'autre.

Lulu — Bien passé ?

Marc — Très bien merci.

Roman — Très bien... très bien... en fait on en a mis un peu partout.

Marc — Je suis... Le manque d'habitude je suppose...

Roman — C'est normal, je ne vous en veux pas... Ça viendra.

Un temps.

Marc — Et vous avez vécu ensemble dès le début ?

Roman — Non, pas au début.

9

Marc a disparu. Roman et Lulu sont en scène. Roman est dans son fauteuil, les deux jambes plâtrées. C'est visiblement un retour en arrière. Presque au début de leur histoire.

Lulu entre tout d'un bloc.

Lulu — Roman ! C'est la pleine lune !

Roman — Je sais. C'est grave ?

Lulu — Ce qui est bizarre c'est que c'est la pleine lune et que je ne m'en étais pas rendu compte.

Roman — Est-ce une bonne nouvelle ?

Lulu — Je me sens bien.

Roman — Ça m'inquiète, mais tant mieux.

Lulu — Moi aussi. A dire vrai moi aussi.

Roman — Tu vois...

Lulu — Ça signifie que je vais mieux ? Ou moins bien ?

Roman — Je pense qu'il faut attendre au minimum les deux prochaines pleines lunes avant de commencer à envisager l'éventualité d'une possibilité de se poser la question.

Lulu — Tu as raison, on va faire comme ça. Tu sais que je travaille en ce moment ?

Roman — Oui. Tu m'as dit ça. Ça se présente bien ?

Lulu — Très bien. Le metteur en scène ne donne aucune indication j'ai un partenaire archi nul et la pièce est très mauvaise. Ça va. Ça baigne. Tu viendras me voir ?

Roman — Ça dépend du théâtre.

Lulu — Pourquoi ?

Roman — Parce que pour l'instant j'ai mon fauteuil d'orchestre avec moi. Ça passe ou ça ne passe pas.

Lulu — Tu sais, ça m'a fait très plaisir de recevoir ton coup de téléphone dimanche... Je croyais que tu n'avais pas mon numéro.

Roman — Quand on veut on peut. C'est un grand principe. Je voulais vraiment t'appeler alors j'ai fait le nécessaire pour trouver ton numéro. Un jour je te dirai ou tu me diras : «Je suis désolé, je voulais t'appeler, pas moyen. Je n'avais pas une seconde à moi et surtout toutes les cabines étaient en dérangement». C'est fou le nombre d'histoires d'amour qui se terminent dans une cabine en dérangement.

Lulu — C'est une histoire d'amour ?

Roman — Tu ne crois pas ?

Lulu — Je... C'est... c'est à toi de... enfin... je veux dire... je... tu ne m'as jamais dit ça...

Roman — Je sais. Ce soir, première.

Lulu — Jamais tu ne m'avais... Tu veux que je reste dîner ?

Roman — Si tu te sens le courage...

Lulu — Quel courage ?

Roman — Rester dîner ça veut dire faire la cuisine.

Lulu — J'adore. J'adore faire la cuisine.

Roman — Bien sûr.

Lulu — Et la vaisselle.

Roman — Tu penses.

Lulu — Et laver le linge.

Roman — Évident.

Lulu — Et repasser.

Roman — J'entends bien.

Lulu — Et le ménage.

Roman — *(toujours sur le même ton)* Le ménage ! Un peu plus on l'oubliait celui-là. Tu veux vivre avec moi ?

Lulu — Et passer l'aspirateur.

Roman — Tu as entendu, je suis sérieux. Tu veux vivre avec moi ?

Lulu — Et les poussières... *(elle éclate en sanglots)* bien sûr que j'ai entendu. Tu es vraiment... Tu veux vraiment...

Roman — Évidemment je veux vraiment ! Et toi, tu veux ?

Lulu — Depuis... depuis que je t'ai rencontré, j'espère que tu vas me demander ça. Je suis... je suis heureuse.

Roman — *(tout doucement)* Alors arrête de pleurer.

Lulu — Ne commence pas à être tyrannique. Je... je ne peux pas arrêter de pleurer... je ne peux pas... pourtant j'essaie, tu sais. Je peux... je peux venir quand ?

Roman — Tu es là non ?

Lulu — Maintenant ?... Je reste ?

Roman — Si tu fais la cuisine pas de problème... *(il la prend dans ses bras)*... et même... même si tu ne fais pas la cuisine. Je t'aime Lulu.

10

On revient à l'époque précédente, Marc et Roman attendent toujours. Lulu sort de la cuisine avec un plateau, l'atmosphère est plus détendue.

On prend la suite de la soirée en route.

Roman — Je ne sais pas si ça se fait toujours mais il y a quelques années ça se faisait.

Marc — *(à Lulu)* Et vous aviez joué quoi ?

Roman — Elle est gonflée ! Elle aurait pu monter avec vous.

Marc — Elle m'a dit je suis là dans dix minutes, elle m'a donné le code et l'étage et elle m'a dit donne-leur les fleurs, commencez à prendre l'apéritif, ne mange pas trop de cacahuètes pour ton bide, j'arrive. *(Silence)* Mais vous savez, elle est souvent en retard.

Roman et Lulu — Oui oui, on sait.

Silence.

Marc — Alors donc vous aviez joué quoi ? Je suis curieux de savoir pour votre rencontre.

Lulu — Elle ne vous a pas raconté ?

Marc — Elle m'a dit tu leur demanderas quand tu les verras ça vous fera un sujet de conversation parce que moi ça me gonfle. *(Silence)* Vous savez, elle est assez directe...

Roman et Lulu — Oui oui, on sait.

Silence.

Marc — Elle ne devrait plus tarder...

Roman — Elle a dit dix minutes.

Lulu — Oui.

Roman — Elle n'a pas dit à partir de quand ?

Lulu — Non.

Roman — Alors comme ça fait maintenant une heure trente sept je propose que nous dînions dans dix minutes à compter de cet instant.

Marc — Euh... oui.

Roman — Parce que moi je commence à avoir sérieusement faim.

Lulu — Et moi aussi. Pas vous Marc ?

Marc — Euh... si. Très.

Roman — D'autant plus que la dernière fois à cause d'elle on a mangé à trois heures du matin.

Marc — Trois heures du matin !

Roman — Et froid. Mais avec elle on fait toujours froid pour pas réchauffer.

Lulu — Oui, mais elle avait une excuse.

Roman — Une excuse ? *(Il regarde Lulu)* Ah oui, c'est vrai.

Marc — Quelle excuse ?

Roman — Non, non rien. C'était avant. Enfin je veux

dire... c'était avant. Donc maintenant que vous savez comment nous avons vécu ensemble vous voulez savoir comment nous nous sommes rencontrés. C'est ça ?

Marc — C'est-à-dire c'est elle qui m'a... Mais cela dit, j'aimerais vraiment savoir.

Roman — Alors allons-y. On a dix minutes.

Marc — Donc, vous aviez joué quoi ?

Lulu — Un sketch.

Marc — Ah ah, super !

Lulu — Oui.

Marc — Quel genre de sketch ?

Roman — Elle avait fait très fort, c'était un sketch sur la course à pieds.

Marc — Super !

Roman — À Garches. Pour la fête de fin d'année. À Garches... L'hôpital... la course à pieds...

Marc — Ah.

Roman — Et oui.

Lulu — Et oui.

Marc — Et oui, je vois.

Lulu — Un désastre. Je m'en suis rendue compte en entrant sur le plateau en voyant la salle. Tous allongés ou assis sur des fauteuils... Atroce. J'ai eu... j'ai eu un blocage complet... je suis restée devant eux comme une idiote... Je me disais qu'en aucun cas je ne pouvais leur parler de course à pieds... et qu'il fallait que j'invente quelque chose en douze secondes.

Marc — Alors ?

Lulu — Vous avez déjà essayé d'inventer quelque chose en douze secondes dans cette situation ?

Marc — Jamais.

Lulu — N'essayez pas. On ne peut pas.

Marc — Alors ?

Lulu — Alors je suis sortie sans rien dire.

Marc — Alors ?

Lulu — Alors les rappels ont commencé. J'ai été applaudie comme jamais, j'ai été rappelée dix fois, ils ne m'ont pas laissée partir.

Marc — Alors ?

Lulu — Alors j'ai dit mon truc. Obligée.

Marc — Et ?

Roman — Et je suis immédiatement tombé amoureux d'elle.

Marc — Vous étiez là ?

Roman — Un petit morceau du public, j'étais là comme maintenant, dans un fauteuil. Avec juste une tête de plus.

Roman et **Lulu** — À cause du bandage.

Marc — Vous la racontez souvent ?

Roman et **Lulu** — Non pourquoi ?

Marc — Pour rien. Une idée. Donc pour vous c'était le coup de foudre.

Roman — Instantané et immédiat. Une si grande détresse dans un si petit corps, c'était irrésistible. Elle était pathétique. Vraiment pathétique... vous savez comme ces femmes qui sortent très dignes des toilettes de restaurant et qui traversent la salle avec le bas de leur jupe resté coincé dans l'élastique du slip. Pathétique.

Lulu — Salaud !

Roman — Je ne dis pas ça pour toi, tout le monde sait que tu ne portes pas de culotte.

Marc — Bon... Elle tarde je crois... Décidément...

Silence. Lulu s'avance devant Roman, se plante face à lui et soulève sa jupe genre exhibitionniste.

Roman — Sauf aujourd'hui. D'accord.

Lulu — D'accord ?

Roman — D'accord. *(Elle rabaisse sa jupe).*

Le téléphone sonne.

Lulu — Téléphone !!! C'est moi qui réponds, c'est moi qui réponds.

Roman — Surtout que c'est sûrement pour toi.

Lulu — Allô ?... Ah !... Ça va ? Grosses bises ! Oui oui il est arrivé *(elle regarde Marc).* Depuis un moment même, nous avons fait connaissance... j'ai déjà eu le temps de faire les courses... j'ai acheté des tomates, des concombres et... combien de temps ?... Nous t'attendons... on va deviser gaiement et... d'accord, tu prendras en route... on te laisse de la salade, je fais tomates, concombre, tout ça et après... d'accord, je te le passe... *(à Marc)* c'est pour vous, elle arrive elle est un peu retardée.

Roman — Un peu retardée ?! Un peu ! C'est plus du retard... c'est... c'est ...

Lulu — Cherche pas, c'est du retard ! De toutes façons, j'ai prévu du froid pour qu'on n'ait pas à réchauffer.

Marc prend le téléphone.

Marc — *(au téléphone)* Oui oui... très sympa... Très sympa tous les deux.

Roman — *(à Lulu)* C'est nous tu crois ?

Lulu — Remarque, c'est vrai, on est sympa.

Marc — Oui, nous avons fait connaissance en t'attendant.... Pas de problème... Si... Si... Si, il me l'a demandé... comment sais-tu qu'il m'a demandé de... Première épreuve ? Quelle première épreuve *(il regarde Roman et Lulu côte à côte)*... non, je ne savais pas...

bien sûr que non tu ne me l'avais pas dit... Évidemment je l'ai fait ! Qu'est-ce que tu voulais que je fasse !.. Comment et alors ! Et alors j'en ai mis partout !

Silence.

Lulu — *(toute seule)* L'essentiel c'est qu'elle ait dit qu'elle n'allait pas tarder... de toutes façons j'ai prévu du froid, on n'aura pas à réchauffer... Y a plus qu'à l'attendre... on va l'attendre doucement... doucement, doucement...

Marc toujours au téléphone écoute avec attention son interlocutrice, Lulu et Roman le regardent en silence. On sent qu'ils savent.

Marc raccroche doucement le téléphone en les regardant.

Marc regarde Lulu et Roman, Lulu et Roman regardent Marc.

Marc — Elle... elle me dit... elle me disait... elle me disait là... là au téléphone... que... que... que vous... n'êtes pas vraiment paralysé... et que... et que vous le faites exprès pour... pour que... pour qu'on en mette partout !!

Roman — Exact.

Marc — Vous êtes fou !

Roman — Exact.

Marc — *(hurle)* Mais qu'est-ce que c'est que cette histoire ! Vous n'avez pas le droit de faire croire des trucs pareils ! Le parking ! Garches !...

Roman — *(le coupe en se levant)* Excusez-moi de vous couper les hurlements mais le parking, Garches, tout est exact.

Lulu — Exact.

Roman — J'étais vraiment paralysé. Un petit vaisseau dans la tête. Clac ! A cause du choc dans le parking. Ça a duré six mois. J'avais une chance sur 1 827 412 de guérir et une chance sur 12 723 724 de rencontrer Lulu. J'ai eu les deux. Je ne joue plus à rien. Ça ferait trop.

Marc — Mais le fauteuil...

Roman — Il est à moi. Je l'ai acheté. C'est mon fauteuil.

Marc — Mais c'est anormal ! On ne vit pas dans un fauteuil quand on n'a plus rien... vous n'avez plus rien... rien du tout. *(À Lulu)* Il n'a rien !

Lulu — Exact.

Marc — *(à Roman)* Et moi... et moi je vais... je vais avec vous là *(il montre la salle de bains)* vous... vous aider à...

Roman — Moi je trouve que pour faire connaissance c'est sympa.

Marc — Et les Basculos !

Roman — Les Basculos c'est vrai. Tout est vrai. Seulement c'était pendant six mois... Alors le fauteuil c'est de la nostalgie... un peu de nostalgie.

Marc — *(à Lulu)* Il est fou. Complètement fou.

Lulu — Je le sais. Je le soigne.

Silence.

Roman — Lulu m'a tellement aimé dans ce fauteuil, tellement bien que parfois j'ai peur et j'y retourne.

Lulu — (à Marc) C'est ce que je vous dis, je le soigne. Allez Marc, ne faites pas la mauvaise tête ! On mange. Elle nous prendra en route.

Marc — Pas de problème, pas de problème, je ne fais pas la tête.

Roman — Tant mieux, alors on mange... hein ? Lulu ?

Marc — *(ostensiblement à Lulu)* Et Lulu c'est quoi ce prénom ?

Lulu — Je m'appelle Simone. C'est le diminutif.

Marc — Ah.

Silence.

Lulu — J'ai oublié le pain. Marc je vous laisse seul avec Roman deux minutes.

Marc — Je peux y aller si vous voulez...
Elle sort sans répondre. (À Roman) Elle est vive... Je veux dire elle a l'air entier quoi... elle n'aime pas trop la contradiction... enfin... elle a du caractère... cela dit elle est sympa... très sympa... mais avec du caractère... c'est pas facile de discuter avec elle quoi... sauf si on est de son avis... enfin je trouve... mais d'un côté c'est une sacrée qualité... une sacrée qualité... Oui... Oui... C'est vrai qu'elle s'appelle Simone ?

Roman — Je ne sais pas. Je ne lui avais jamais demandé.

11

Marc — *(off répondeur)* Allô... Allô ?... C'est Marc... Allô ? vous êtes là ?... Non ?... Ils sont pas là... Bon.... euh.... je voulais vous dire... euh... je... ben... je rappelle alors... enfin salut... salut et à bientôt... voilà... je rappelle...

Lulu — *(dans le noir)* Au fait... Il faudra que je pense à te demander des détails sur cette histoire de circoncision.

Roman — Je t'ai déjà dit Lulu. C'est parce que je suis juif.

Elle rallume la lumière.

Lulu — C'est quoi cette histoire de juifs. Tu es né où toi.

Roman — Tu veux vraiment parler de ça maintenant ? Je suis né à Paris. Pourquoi ?

Lulu — Pas chez les juifs alors ?

Roman — Aux Buttes Chaumont.

Lulu — C'est pas un nom juif.

Roman — Non. C'est quoi un nom juif ?

Lulu — Je ne sais pas moi... aux Buttes Chaumont Goldstein ?

Roman — Ça oui. C'est un nom Juif.

Lulu — Schéhérazade ?

Roman — Quoi ?

Lulu — Oui, il y a les Schéhérazades et les Achetés je ne sais pas comment...

Roman — Nazes.

Lulu — Tu es quoi toi ?

Roman — Shéhérazade.

Lulu — C'est mieux ?

Roman — Sûrement, à cause des mille et une nuits...

Lulu — Mais sinon, les autres Juifs, ils naissent pas tous au Buttes Chaumont ?

Roman — Pas tous. Il parait que pour certains ça se passe à Neuilly ou dans les cliniques du 16ème.

Lulu — C'est dingue ! J'ai toujours cru que vous aviez un endroit spécial pour naître.

Roman — Non. Pas vraiment. Pendant la dernière guerre on a eu des endroits spéciaux pour mourir, mais c'est tout.

Lulu — Je me documente un peu parce que tout le monde me prend pour une juive.

Roman — Normal. C'est ton nez.

Lulu — Quoi mon nez !

Roman — Tu as un grand nez.

Lulu — Comment j'ai un grand nez ! Merci de me remonter le moral ! Un grand nez... Tu... tu m'as dit qu'en aucun cas tu voulais que je me le fasse refaire !

Roman — J'ai pas dit qu'il était moche. J'ai dit qu'il était grand. Grand, mais beau. Comme moi.

Lulu — Et l'étoile jaune, toi, tu l'as portée ?

Roman — Oui, quand j'étais tout petit, avec mon petit manteau bleu marine, tout maigre et une étoile jaune qui dépassait de partout.

Lulu — Tellement tu étais petit.

Roman — Tellement.

Lulu — Comme tu devais être mignon.

Roman — Déjà oui.

Lulu — Pauvre con, n'essaie pas de m'attendrir.

Roman — *(docte)* L'histoire n'a jamais attendri personne.

Lulu — Tu vivais à la campagne ?

Roman — Non

Lulu — Et pourquoi ?

Roman — Je suppose que parce que.

Lulu — Ne parle pas Yiddish, exprime-toi.

Roman — C'était difficile certainement de savoir ce qui était le mieux, le moins périlleux, le plus raisonnable pour un enfant que des parents voulaient voir vivre. Donc, eux étaient en Normandie et c'est une dame qui me gardait à Paris, avec un chien.

Lulu — Un berger allemand !

Roman — Non, arrête ! Elle me gardait et avait un chien tout petit et tout blanc.

Lulu — Un petit berger allemand blanc.

Roman — Si tu insistes...

Lulu — Je trouve que ça fait mieux, un tout petit berger allemand blanc dans cette sombre guerre... alors ?

Roman — Alors c'est à peu près tout. Après j'ai rejoint mes parents à la campagne, et après on est tous rentrés à Paris. Et me voilà ! Dis-moi Lulu ...

Lulu — Oui Roman ?

Roman — Dès que tu auras terminé, tu me préviendras.

Lulu — Terminé quoi Roman ?

Roman — La guerre, les camps, tu es au courant non ?

Lulu — Moi Roman ?

Roman — Arrête ! Tu savais ?

Lulu — Oui, vaguement... un peu... le national socialisme, Mussolini, Eva Braun, la nuit de Cristal, le Vel d'hiv, Drancy, les tickets J2, J3, Goebbels, les...

Roman — *(la coupe)* Tu !... tu es... je... j'étais sûr que tu savais... tu es vraiment...

Lulu — Tu comprends, j'adore quand tu m'expliques... tu es tellement beau quand tu m'expliques, tellement mignon... tellement sexe... je...

Roman — Je suis sexe quand j'explique ! Le numéro du SAMU. Il faut appeler le SAMU. C'est quoi les renseignements ?

Lulu — Le 12. *(Ils s'embrassent).* Je te préviens, je fais ce que je veux. Si tu me jettes je me flingue et toi avec !

Roman — Mais je ne te jette pas ! C'est quoi ces idées ! On parle de quoi maintenant ?

Lulu — De tes copains arrête de me faire chier avec tes copains et les copains de tes copains. Et les fils de tes copains surtout eux, les fils de tes copains ! Arrête !

Roman — Mais je ne te... on était là... tranquille... on dormait presque...

Lulu — *(le coupe)* Arrête !!! Je ne veux pas de tes amis. Je veux un vieux tu entends ! Un vieux ! Et dans la famille vieux, je demande Roman. Je suis majeure, je pioche qui je veux ! Ma vie à moi c'est toi. C'est un pré-vieillard à peine pubère qui se prend pour un invalide en moyenne dix minutes par jour. Je suis une gérontophile nymphomane et à ce titre je te remercie de t'occuper de moi.

Roman — Non, c'est moi qui te remercie.

Lulu — Ne me remercie pas ! Ne me remercie surtout pas !!! Tu es une espèce de malade. Tu entres dans ce fauteuil comme d'autres entrent dans les ordres.

Elle éteint.

Roman — (*rallume*) Ce qui me manquera le plus c'est ça. Les discussions. Ne plus te parler ça va être terrible. Je crois que je me mettrai à faire un dédoublement de personnalité avec les questions et les réponses... Comme un ventriloque... En fait, j'ai l'impression depuis longtemps que tu es un dédoublement de ma personnalité... un morceau de moi... Donc, quand tu seras partie ça va être facile, je parlerai tout seul et je me répondrai à ta place.

Lulu — Tant que tu ne t'engueules pas tout seul... pourtant, tu le mérites.

Roman — Tu as remarqué que nous, nous n'avons jamais eu de vraie dispute ?

Lulu — Ça te manque ?

Roman — Non. C'est juste une remarque... Bien que parfois des gens disent que c'est nécessaire.

Lulu — Et bien tu te disputeras tout seul. Mais le mieux c'est que je sois là pour te répondre.

Roman — C'est sûr, c'est sûr...

Lulu — Et pour m'occuper de tous tes petits trucs qui

traînent... *(silence).*

Roman — Tu sais Lulu ...

Lulu — Oui ?

Roman — Les gens ne se rendent pas compte...

Lulu — Pas compte de quoi ?

Roman — De tout ça... de toi, de moi... ils ne se rendent pas compte les gens...

Lulu — On s'en fiche des gens... Tant pis pour eux...

Marc — *(off répondeur)* Allô ?... C'est encore moi... c'est Marc... j'ai appelé tout à l'heure... alors je rappelle... vous n'êtes toujours pas là ?... Bon... De toutes façons il n'y avait rien de spécial... vous dormez peut-être ?... si vous n'êtes pas là je rappelle... Salut... C'était moi, il est deux heures du matin.

12

Roman est seul. Il s'active sur ses câbles vidéo pour de savants branchements. On sonne. Il soupire, semble embarrassé avec deux câbles. Il en pose un et va vers la porte en tenant l'autre à bout de bras. On ressonne. Il ouvre. Marc entre en trombe et traverse la pièce. Roman, près de la porte le regarde sans rien dire. Marc s'arrête. Il regarde Roman.

Marc — Je l'ai trompée

Roman — Ce n'est pas grave. (*Il avance vers sa table et branche.)*

Marc — Oui mais je me suis fait piquer.

Roman — C'est déjà plus embêtant... Elle a pris ça comment ?

Marc — Comme un mélange de catastrophe nationale, de révolution, de déflagration atomique. En plus je... enfin c'était avec une fille assez jeune, même jeune on peut dire. La réaction semble inversement proportionnelle à l'âge de la partenaire.

Roman — Majeure au moins ?

Marc — Quand même oui ! Tu rigoles ! Enfin je crois... En tout cas je suis très mal.

Roman — C'était important pour toi ?

Marc — Bien sûr que non ! Roman il faut faire quelque chose, elle ne veut plus me voir, elle m'a viré. Elle est rentrée et m'a dit : je suis venue te dire que tu t'en vas. Je suis sans abri moi.

Roman — Tu veux quoi ? Que je t'héberge ou que j'arrange le coup.

Marc — Que tu arranges le coup bien sûr !... Et si ça ne marche pas, tu m'héberges.

Roman — Bon, alors j'arrange le coup. *(Il décroche le téléphone.)* Tu crois qu'elle est là ?

Marc — Elle s'est enfermée dans le noir avec un masque sur les yeux, une sudisette sur le reste parce qu'il va falloir qu'elle recommence à plaire dit-elle.

Roman — *(qui a composé le numéro pendant ce temps)* Allô... allô c'est toi ? C'est Roman. Oui... Oui je sais... oui il m'a dit... Il m'a raconté... Jeune oui. .. et belle... ça il n'avait pas précisé. Une salope ? Il n'avait pas non plus précisé... C'est pas grave... Si ? Très grave ? Tu trouves *(à Marc)* Elle trouve que c'est très grave.

Marc — Qu'est-ce que je te disais !

Roman — Très très grave... D'accord... Et tu ne veux

plus le voir... D'accord... Je comprends... Je comprends... J'ai compris... Je vois... D'accord... Bon alors écoute-moi bien. Non je te dis de m'écouter ! Alors tu m'écoutes ? Parfait. Je vais te donner deux initiales et une date... qui vont te rappeler un petit épisode récent de ta vie... R.D. 26/04... Non... R.D. 26/04. Oui ? Je lui dis... OK, on se téléphone et ? ... une bouffe bien sûr... Bien sûr tous les quatre... Il arrive. Salut, je t'embrasse. *(À Marc)* Bon. C'est arrangé, tu peux rentrer.

Marc — Quoi quoi je peux rentrer, qu'est-ce que c'est que cette embrouille !

Roman — Tu peux rentrer, c'est pardonné, on n'en parle plus.

Marc — C'est quoi cette histoire de HB 26/04

Roman — RD 26/04

Marc — Oui, justement RD 26/04.

Roman — Tu ne poses pas de question, ni à elle ni à moi. Tu rentres et tout rentre dans l'ordre.

Marc — Non mais attends ! J'ai tout de même le droit de savoir qui est ce RD 26/04. Non ?

Roman — Non. Parfois j'ai du mal à te comprendre. Tu voulais que j'arrange le coup. Je le fais parce qu'en ce moment je préfère héberger Lulu que toi pour des raisons X et maintenant le seul truc qui te tracasse c'est RD 26/04.

Marc — Quelles raisons X ?

Roman — J'ai des tas de raisons X avec Lulu.

Marc — Ok Ok, je ne pose plus de question, mais il faudra bien que tu me dises pour ce RD...

Roman — *(le coupe)* Bon, alors tu sais quoi ? Je la rappelle et je lui dis de laisser tomber, que tu ne veux pas rentrer.

Marc — J'y vais.

Roman — À bientôt, on se téléphone. *(Marc sort précipitamment) (Roman, tout seul et doucement)* et on se fait une bouffe, merci pour tout.

Marc — *(réapparaît en coup de vent)* On se fait une bouffe hein ? Et merci pour tout ! *(Il sort.)*

Roman — *(reste seul après le départ de Marc et se rend compte au bout de quelques secondes que Lulu est entrée sur la pointe des pieds)* Il faut vraiment que je m'occupe de tout le monde ! Et moi, qui s'occupe de moi ! Tout le monde ! Tout le monde prend des nouvelles de ma santé. Je suis en bonne santé. En parfaite santé... un vieux en bonne santé... mais bon, rien n'est parfait. Combien de temps une jeune femme peut-elle aimer un vieil homme. Pourquoi !... Pourquoi n'existe-t-il pas de statistiques là-dessus ! Pourquoi est-ce qu'on ne me fait pas un audimat à moi... Elle avait 26 ans... La moitié de mon âge... plus jamais elle n'aura la moitié de mon âge... et le pire c'est qu'un jour elle va bien se rendre compte que quand je vieillis de 25%, elle vieillit de 50% donc deux fois plus vite que moi... Je suis en train de l'escroquer... une monstrueuse escroquerie...

Lulu — Tu parles tout seul maintenant ?

Roman — J'ai toujours parlé tout seul. J'entends mieux ce que je dis quand je parle tout seul.

Lulu — J'ai entendu escroquerie ?

Roman — Lulu, il faut que je te parle. Figure-toi que quand je vieillis de 25%, tu vieillis de 50%.

Lulu — Oui je sais.

Roman — Comment tu sais !

Lulu — Tu m'as déjà fait la démonstration je ne sais plus quand.

Roman — Et tu en penses quoi ?

Lulu — Rien de plus qu'avant. J'ai rien compris et je

m'en fous.

Roman — On met le doigt sur l'escroquerie du siècle et tu t'en fous !

Lulu — Je me fous de tes histoires de pourcentage. Je préfère 50% de ma vie à côté des 25 % de la tienne. C'est clair ! C'est moi qui veut donc c'est pas de l'escroquerie. Il faudra trouver autre chose pour justifier tes théories tordues... Et pendant que tu chercheras tu ne passeras pas tes journées à téléphoner à tes anciens copains pour savoir s'ils n'ont pas de fils en bas âge avec qui je pourrais copuler.

Roman — Oui et bien n'empêche que quelqu'un de ton âge vieillirait à la même vitesse que toi.

Lulu — Au début tes idées fixes se limitaient à l'entourage immédiat de mes cuisses. C'était sympa. Tu vieillis Roman.

Roman — Bien sûr ! Mais à 25% ! Alors que toi c'est...

Lulu — *(le coupe)* Arrête ! Silence ! Je demande quelques secondes de silence. J'ai besoin de me calmer. *(elle respire)* Voilà. Nous allons considérer que jamais nous n'avons parlé de cette histoire de pourcentage, ça ne nous est pas venu à l'idée, et il n'y a aucune raison pour que ça nous vienne un jour à l'idée. D'accord ?

Roman — Si tu veux. C'est sans importance. Mais tout de même...

Lulu — Je t'implore !

Roman — D'accord d'accord... On parle d'autre chose... Heu... Crois-tu que implore soit le contraire de explore ?

Lulu — J'aime mieux ça. Voilà une belle discussion qui s'annonce. Implore et explore. Y a t'il un rapport ?

Roman — C'est subjectif.

Lulu — Hum hum... sûrement... Que veux-tu dire... par

subjectif... par exemple...

Roman — Subjectivement par exemple tu es plus grande debout que moi assis... mais en fait tu es toute petite.

Lulu — Ça n'a pas d'importance. J'ai la bonne taille. J'ai toujours pensé que j'étais assez grande pour être ta moitié.

Silence.

Roman — J'ai bien aimé comme tu as dit ça.

Lulu — Et alors ?

Roman — C'est chouette.

Lulu — Tu réponds quoi ?

Roman — C'est chouette, j'ai trouvé ça très chouette, vraiment.

Lulu — C'est chouette, c'est tout ! Alors note-le ! Tu pourras toujours l'écrire au dos de mes photos quand j'aurais fait ma valise pour de bon ! Parce que je peux te dire que de temps à autre je... je... enfin rien. À quoi ça t'engage de répondre quand je te dis un truc pareil ! À quoi ça t'engage ! Tu ne me signes rien, on n'a pas de témoin, alors tu peux quand même faire une réponse sympa à une demande en mariage, juste pour faire plaisir ! Pour me faire plaisir, pour que j'y croie cinq — petites — minutes.

Roman — Je ne veux pas que tu y croies cinq minutes parce que dans une heure il y a soixante minutes et vingt-quatre heures par jour alors pendant tout le temps qui reste après les cinq minutes tu vas croire quoi ?

Lulu — Rien. Je ne vais rien croire. Je me rappellerai les cinq minutes. C'est tout.

Elle part vers la salle de bains.

13

Lulu ressort au bout de quelques secondes de la salle de bains.

Lulu — Tu as vu mes rides !

Roman la regarde impassible.

Lulu — Tu n'as rien vu !

Elle entre à nouveau dans la salle de bains et ressort

Lulu — Quelle horreur ! Regarde-moi ça !

Roman se penche vers elle.

Lulu — Tu vois ?

Roman — Je vois quoi.

Lulu — Mes rides, tu les vois, non ?

Roman — Non.

Lulu — Non. Tu ne vois pas mes rides !!

Roman — Non.

Lulu montre un point, côté extérieur de son œil.

Lulu — Et ça c'est quoi !

Roman — C'est quoi ça ?

Lulu — Des rides ! Des rides, tu ne vois pas ? Je suis ridée.

Roman — Je ne vois pas vraiment...

Lulu — Je suis ridée, flétrie et... et je n'ai même pas encore d'enfant.

Roman — Quel rapport ?

Lulu — Je suis en train de vieillir tu te rends compte !

Roman — Ce n'est pas très grave.

Lulu — Bien sûr que c'est grave ! Parce que moi j'aime les vieux alors je vais t'aimer de plus en plus... Eh oui...

Mais toi, tu aimes les jeunes alors tu vas m'aimer de moins en moins... et tu ne trouves pas ça grave !

Roman — D'abord je n'aime pas les jeunes... enfin pas spécialement. Je t'aime toi. C'est tout.

Lulu — Mais moi depuis aujourd'hui, je suis ridée.

Roman — C'est vrai que quand tu fronces les sourcils, que tu plisses le nez et que tu remontes la lèvre supérieure, ça fait comme une ride.

Lulu — Ah tu vois ! Tu me trouves ridée toi aussi.

Roman — Pourquoi moi aussi ?

Lulu — Parce qu'on me trouve ridée tous les deux. Toi et moi aussi... Moi et toi aussi. Tu me trouves ridée oui ou non ?

Roman — Comme je te le disais tout à l'heure, quand tu fronces les sourcils, que tu plisses le...

Lulu — *(le coupe)* Plaisante ! Plaisante ! Tu es en train de te retrouver avec une vieille, je viens de me rendre compte que je vieillis.

Roman — Oui, de 50% quand moi je...

Lulu — *(le coupe)* Arrête !

Roman — Tout le monde vieillit Lulu.

Lulu — Mais moi aussi ! Tu te rends compte !

Roman — Non, pas vraiment. Tu es de plus en plus belle Lulu.

Lulu — Évidemment, si tu aimes les vieilles ridées...

Roman — Évidement.

Lulu — N'empêche que ça m'a fait peur...

Roman — Ce n'est rien Lulu tu ne dois pas avoir peur. Tant que tu ne me rattrapes pas...

Lulu — Je ne peux pas te rattraper, même avec tes histoires de pourcentages...

Roman — Un jour...

Lulu — Quel jour ?

Roman — Quand j'arrêterai de vieillir.

Lulu — Et quand tu arrêteras de vieillir ?

Roman — Quand je serai mort.

Lulu se fige. Au bout de quelques secondes elle se précipite à nouveau dans la salle de bains.

14

Même époque, quelques jours plus tard, Lulu est en train de s'exercer à faire des claquettes. La porte s'ouvre. Entre le fauteuil de Roman avec lui dedans. Il vient visiblement de l'extérieur.

Roman — *(la regarde danser)* Bravo !

Lulu pousse un hurlement et se retourne.

Lulu — D'où tu sors !

Roman — Je rentre.

Lulu — Je te croyais dans la salle de bains... Quelle peur !

Roman — Désolé Lulu.

Lulu — Ah la la, c'est terrible... Je me suis crue devant Perkins dans Psychose.

Roman — Je te remercie,

Lulu — Mais... Tu est sorti seul faire ton numéro du vieux paralytique ?

Roman — Non.

Lulu — Ah bon tant mieux ! Comment non ?

Roman — Jeanne est passée et elle a gentiment proposé de pousser mon fauteuil pour une petite balade. Sympa non ?

Lulu — Jeanne est passée...

Roman — Oui.

Lulu — Ici.

Roman — Oui.

Lulu — Et elle a proposé de te...

Roman — Oui.

Lulu — Tu plaisantes ?

Roman — Pas du tout... Pourquoi...

Lulu — Pousser le fauteuil... Elle a jamais fait ça avant... quand tu étais vraiment...

Roman — Mais non... pourquoi...

Lulu — Elle ne sait pas pour ta paralysie ?.. enfin... pour le fauteuil ?...

Roman — Non bien sûr...

Lulu — Comment bien sûr... comment non bien sûr...

Roman — Je n'ai jamais pensé à le lui dire. Elle croit toujours que j'y passe mon temps.

Lulu — Tu n'as jamais **voulu** le lui dire. Ça va ? Tu t'es bien fait plaindre? Elle a bien joué les gardes-malades, elle t'as prodigué des soins éclairés... tu as eu droit à de la compassion, tu as été servi le premier dans les salons de thé...

Roman — Je ne comprends pas pourquoi...

Lulu — *(sincère, énervée, presque affolée)* Pourquoi, pourquoi... mais... mais parce que c'est mon fauteuil !... C'est... c'est moi qui pousse ce fauteuil... C'est seulement moi... Personne d'autre.. on a toujours été d'accord là-dessus... personne ne sait comment il faut le pousser ! Je ne veux pas qu'elle le pousse à ma place.... Ici c'est chez nous, non ? Pourquoi elle vient chez nous... Chez nous deux. Chez nous deux, c'est ce que tu m'as dit quand tu m'as demandé de vivre avec toi... Qu'est-ce qu'elle vient faire ici ! Le fauteuil c'est notre jeu à nous. On a toujours dit ça non ? C'est notre jeu à tous les deux, c'est tout.

Roman — Mais elle est juste passée...

Lulu — Elle n'avait pas à passer... On ne passe pas quand je suis ailleurs.

Roman — Elle croyait que tu étais là. Elle t'a bien regrettée...

Lulu — Rien du tout oui ! Elle a attendu que je parte ! Elle a téléphoné avant ?

Roman — Oui, évidemment...

Lulu — Tu parles ! J'en étais sûre ! Pour être certaine que tu étais seul !

Roman — Elle n'a pas arrêté de parler de toi.

Lulu — Qu'elle arrête ! Justement qu'elle arrête ! Elle arrête de parler de moi, elle ne pousse pas mon fauteuil, elle ne me pique pas mon mec, elle ne touche pas à mes affaires c'est tout !

Roman — Mais enfin elle est passée gentiment pour me dire bonjour... c'est une amie de vingt ans.

Lulu — Ça, ça se voit. Elle a tout de même été ta petite amie non?

Roman — Oui. Il y a vingt ans... Vingt ans...

Lulu — Combien de temps ça a duré ?

Roman — Comment veux-tu que je m'en souvienne...

Lulu — Aujourd'hui pendant la promenade vous n'en avez pas parlé ?... Pendant la petite promenade...

Roman — Non.

Lulu — Pourquoi ? Pas le temps ? Essoufflés ? La bouche pleine ?

Roman — Lulu, s'il te plaît, elle m'a demandé gentiment...

Lulu — Tu m'étonnes !

Roman — Gentiment si on n'irait pas faire un tour au lieu de rester enfermés. On n'est pas resté enfermés, ça devrait te rassurer. On est juste allé faire un petit tour. Dehors. À l'extérieur.

Lulu — Avec Mon fauteuil.

Roman — Non mais attends... c'est **Mon** fauteuil.

Lulu — D'accord. Mais c'est moi le chauffeur. Pas elle.

Roman — Bien sûr pas elle. C'était tout à fait ponctuel.

Lulu — Parle normalement tu veux ! N'emploie pas ses expressions à elle. Tout à fait ponctuel mes couilles oui.

Roman — C'est vrai que tes expressions à toi sont plus imagées.

Lulu — Absolument. Je préfère dire couilles que ponctuel.

Roman — Ça dépend peut-être du contexte.

Lulu — Et contexte, tu le sors d'où contexte !

Roman — De nulle part... c'est dans la conversation, dans le contexte quoi...

Lulu — Depuis ta promenade, tu emploies des termes tout à fait inhabituels dis-moi... c'est décidé. Je ne travaille plus. Je reste avec toi. Je ne serai pas la première actrice fauchée en plein succès par son sacrifice. Et par la même occasion fauchée comme les blés.

Roman — *(théâtral)* Je t'en prie, je t'en supplie, pense à ta carrière, pense à ton public.

Lulu — Ma carrière n'a pas d'importance... mais c'est vrai, je me dois à mon public. Donc n'en parlons plus.

Roman — Bien. Et ne pensons plus à Jeanne.

Lulu — Jeanne ! Parlons-en ! Je l'avais oubliée celle-là. C'est quoi son numéro ?

Roman — Quel numéro ?

Lulu — Pas son numéro de cirque, celui-là on le connaît. Son téléphone.

Roman — Tu ne vas pas l'appeler !

Lulu — Je vais me gêner.

Roman — Pour lui dire quoi ?

Lulu — J'aime beaucoup ce que vous fûtes, beaucoup moins ce que vous faites.

Roman — Pas mal.

Lulu — Ça fait des années que je le prépare... Au cas où.

Roman — Je ne te crois pas que tu vas l'appeler.

Lulu — Son numéro.

Roman — *(sort un papier de sa poche de chemise)* Tiens.

Lulu — Tiens tiens, dans ta poche.

Roman — Elle a changé de numéro. C'est elle qui m'a glissé ça en partant dans la poche.

Lulu — Heureusement que tu ne portes pas de slip kangourou ! *(Elle prend le papier)* Quel parfum de merde ! *(Elle compose le numéro)* Son nouveau numéro... Elle voulait que tu l'appelles peut-être ?

Roman — Ben... Oui... à l'occasion... sûrement..

Lulu — Sûrement... sûrement... à l'occasion... ça sonne... j'espère qu'elle est déjà là. Elle n'a pas changé d'adresse ?

Roman — Je ne sais pas. Elle a juste parlé du téléphone.

Lulu — Allô ? Allô Jeanne ? Bonjour c'est Lulu... Lulu... *(à Roman, en couvrant le téléphone de sa main)* Elle sait plus qui je suis la pauvre vieille. *(Au téléphone)* C'est ça, la Lulu de Roman, voilà. *(À Roman)* Son cerveau doit lui couler par les narines. *(Au téléphone)* Je t'appelais pour un petit bonjour. Oui... Comment il va ? Qui ?... Roman ? *(très surprise)* Bien, pourquoi ?

Elle branche le haut parleur.

Jeanne — *(off)* Depuis le temps que je n'ai pas de nouvelles, je me posais la question. *(Jeu de scène de Roman et Lulu un peu abasourdis. Lulu genre j'avais raison, Roman je n'y suis pour rien.)* Allô...allô...

Lulu — Allô ? On a été coupés...

Jeanne — *(off)* Non non, je suis là, je suis là !

Lulu — Il va bien. Il marche encore difficilement mais il va bien.

Jeanne — *(off)* Comment il marche !

Lulu — Tu ne savais pas ? Ne me dis pas !

Jeanne — *(off)* Non... Mais non, je ne savais pas...

Lulu — Il boite encore un peu si tu veux, au bout de quarante kilomètres, mais il marche.

Jeanne — *(off)* Mais comment il marche !

Lulu — Avec ses jambes, en avançant une et puis l'autre...

Jeanne — *(off)* Mais... et le fauteuil ?

Lulu — Le fauteuil ? Quel fauteuil ?

Jeanne — *(off)* Son fauteuil... Le fauteuil roulant...

Lulu — Il l'a gardé ! C'est un souvenir... on l'avait un peu choisi ensemble tu comprends... Il s'en sert maintenant comme chaise percée pour faire caca.

Jeanne — *(off)* Comment ???

Lulu — Dans le fauteuil. Il est percé le fauteuil. Alors je descends Roman tous les soirs dans le fauteuil. Il adore faire caca dehors... Et moi ça me rappelle Plumetis.

Jeanne — *(off)* Qui ?

Lulu — Plumetis mon chien que j'sortais pisser avant qu'y crève. Parce qu'il a crevé Plumetis, tu savais pas ?

Jeanne — *(off)* Non.

Lulu — Je le disais à Roman, on se voit pas assez. Tu devrais venir nous voir Jeannette, on le sortirait un peu toutes les deux. Si tu veux tu pourrais même porter le rouleau de PQ.

Jeanne — *(off)* Non mais... attends... tu plaisantes là... Il... Il ne marche pas vraiment...

Lulu — Si, il marche. Il marche mais ce n'est pas une raison pour que n'importe quelle pouffiasse vienne tourner autour de lui. Alors fous-nous la paix tu entends. Laisse-le tranquille et ne viens plus pousser mon... notre fauteuil.

Elle éclate en sanglots et raccroche.

Roman — C'était drôle mon amour, pourquoi tu pleures ?...

Lulu — C'est parce que j'ai dit n'importe quoi et que je ne veux pas dire n'importe quoi quand je parle de toi et de ton fauteuil.

Silence.

Roman — Pourquoi tu ne fais pas ce film au Canada?

Lulu — Quel film ?

Roman — Celui qui se fait à Toronto.

Lulu — Ah ! au Canada !

Roman — Et ne me dis surtout pas que c'est à cause de ton accent. Tu devais jouer une Française... et autiste en plus.

Lulu — Justement, ils ont trouvé que j'étais trop bavarde pour le personnage.

Roman — Ton agent a laissé un message.

Lulu — Tu écoutes mes messages !

Roman — Non. Mais parfois je les entends.

Sonnerie du téléphone. Le répondeur se met en marche on entend le message de Lulu : « Personne. Message. Merci. »

Téléphone — Lulu, c'est maman. Si tu n'es pas là rappelle-moi.

On raccroche.

Lulu — Ok. Il faut que je rappelle ma mère.

Roman — Elle a dit rappelle-moi si tu n'es pas là. Tu es là ? Alors réponds-moi.

Lulu — Tu sais bien que je ne supporte pas le froid. Alors Toronto...

Roman — Payé comme c'était tu pouvais descendre jusqu'à - 40 sans problème. À la limite, il te restait de quoi t'acheter une doudoune.

Lulu — Bien payé, bien payé c'est vite dit.

Roman — J'ai entendu ton agent. C'était très bien payé.

Lulu — Les autres comédiens ne me plaisaient pas.

Roman — Parce qu'en ce moment ceux de Bagnolet ils te plaisent.

Lulu — Bobigny.

Roman — Bobigny, ils te plaisent.

Lulu — Non.

Roman — Alors ?

Lulu — Le rôle n'était pas... Il était... il manquait un peu de... je veux dire... c'était un rôle...

Roman — C'était un rôle en or payé au prix de l'or. Un rôle qui ne se refuse en aucun cas. Un rôle dont toutes les comédiennes ont rêvé.

Lulu — Tu as lu ?

Roman — Ça traînait. J'ai lu. *(Il montre la brochure)* Et je veux savoir ce qui peut pousser quelqu'un comme toi à refuser d'être quelqu'un comme là-dedans.

Il tape sur la brochure.

Lulu — Je ne sentais pas le personnage.

Roman — Lulu il faut que tu me répondes !

Lulu — Mais je te réponds, tu a déjà au moins 17 réponses différentes.

Roman — Tu sais bien que c'est 17 de trop.

Silence.

Lulu — Je ne veux pas te laisser. (*Silence. Elle hurle.)* Je ne veux pas te laisser !!! Voilà pourquoi !

Roman — C'est pas vrai ! J'en étais sûr mais je me disais non, ce n'est pas possible elle n'est tout de même pas si... mais si elle l'est ! Ça veut dire quoi tu ne veux pas me laisser, hein ?! Tu penses que je suis incapable de me débrouiller sans toi ! Incapable ! Tu as peur que je casse une assiette parce qu'à mon âge on commence à trembler... que je... que je quoi... que... que j'en prenne une autre à ta place pour les basses besognes ! Je ne supporte pas que tu puisses laisser tomber un truc aussi important pour toi, pour moi. Parce que tu t'es mis dans la tête que sans toi j'étais perdu ! Eh bien c'est vrai, sans toi je suis perdu !... Mais je me débrouillerai... Tu gâches déjà ta vie à cause de moi, alors je ne veux pas aussi que tu la gâches pour moi... *(Silence)* Je sais ça ne veux rien dire mais ça fait de l'effet.

Lulu — Qu'est-ce que je fais avec un type aussi taré.

Roman — À mon avis c'est uniquement un fantasme d'infirmière. Tu n'as pas assez joué au Docteur quand tu étais petite. Moi j'ai le fantasme du malade et toi de l'infirmière. On pouvait tomber plus mal.

Lulu — *(se lève et sort)* Tu as raison. Tu peux te débrouiller tout seul. Je n'ai pas de souci à me faire pour toi. Je vais faire ce film.

Roman — C'est ce que j'ai dit à ton agent.

Lulu — *(revient)* Tu es gonflé mec. *(Elle prend son manteau)* Tu veux peut-être aussi que j'attrape froid ? Je te quitte. C'est définitif. Je pars. *(Inquiet, Roman la retient au passage. Elle s'arrête. Il lui tient le bras).* Évidemment je ne te quitte pas. Mais on peut tout de même faire semblant pour voir.

15

Vers la même époque mais quelque temps après. Lulu n'est pas là. Remplacée par Marc.

Marc — Ça fait combien de temps ?

Roman — Trois semaines.

Marc — C'est long.

Roman — Tu rigoles ! C'est long ? C'est insupportable, c'est invivable.

Marc — Et après, c'est encore long ?

Roman — Trois semaines.

Marc — C'est long.

Roman — Ça fera six.

Marc — C'est long pour toi, c'est sûr. Mais pour le film c'est court.

Roman — La fin du tournage se fait à Paris.

Marc — Long ?

Roman — Trois semaines.

Marc — Mais au moins elle sera là.

Roman — Exact. Alors même si ça dure trois ans, je m'en fous. Mais en attendant, c'est long.

Marc — Trois semaines.

Roman — On ne se rend pas compte de la longueur d'une semaine quand il y en a trois. *(On sonne)* On a sonné.

Marc — J'y vais.

Il va ouvrir c'est Mannix, père de Lulu, même âge que Roman.

Mannix — Alors ! On attend ! *(à Marc)* Bonjour Monsieur.

Roman — Marc, un ami. Mannix, le père de Lulu.

Mannix — C'est à cause de la télé. Tout le monde m'appelle Mannix. Je m'appelle Antoine.

Marc — Il y a un rapport ?

Mannix — Aucun.

Roman — Il passe son temps à regarder ce feuilleton. Pendant un temps on l'appelait Thierry la Fronde. *(Il bougonne)* Feuilletons de merde.

Mannix — Il est nerveux ?

Marc — Je pense qu'il commence à s'impatienter.

Mannix — Combien de temps encore ?

Marc — Trois semaines.

Mannix — C'est long.

Roman — Parfois, j'ai l'impression de vivre des scènes que j'ai déjà vécues.

Marc — Ça me le fait ! Ça me le fait aussi à moi.

Mannix — Et alors ?

Roman — Et alors là ça me le fait.

Mannix — Ah ?... Sinon dis-moi. Comment est-ce que tu te débrouilles ?

Marc — Elle lui manque.

Mannix — Ça, c'est sûr que sans ma fille...

Marc — Il est perdu.

Mannix — C'est ça l'amour. Il ne supporte pas l'absence de ma fille. Ça me rappelle quand j'étais jeune.

Roman — *(à Mannix)* On a le même âge.

Mannix — Ça me rappelle quand même quand j'étais jeune.

Marc — Il faut qu'il tienne le coup.

Mannix — Il le faut. Ma fille lui manque, c'est sûr.

Roman — Eh ! Lâchez-moi un peu tous les deux ! Elle me manque c'est sûr ! Si ça continue je vais crever c'est sûr ! Mais ça va. Ça baigne.

Mannix — Tant mieux. *(Silence)* Espérons que le tournage ne va pas prendre du retard.

Roman — Attends... Tu le fais exprès là, non ?

Mannix — *(enfonce le clou)* C'est pas rare que ça en prenne.

Marc — *(entre dans le jeu)* C'est vrai, c'est pas rare... mais, jusque-là...

Mannix — Ça ne veut rien dire. Le problème là-bas à Toronto c'est le climat. Les conditions atmosphériques.

Marc — Parfois, à cause de la neige, tout est bloqué pendant des semaines...

Mannix — Des mois...

Marc — Rarement un an...

Mannix — Les avions ne décollent plus.

Marc — On a vu des gens abandonner leur famille.

Mannix — Même pire... des familles abandonner les gens...

Roman — Bon. Dites-moi les duettistes, ça fait trois semaines que vous passez tous les jours ou presque pour me voir par hasard, pour me demander si je vais bien, si j'ai mangé, si je dors normalement et depuis aujourd'hui si je trouve le temps long. Chaque jour l'autre hypocrite *(il montre Mannix)* se balade partout, soulève les tapis et les couvertures, les couvercles de casseroles et les bouquins pour voir si des fois je ne cache pas une remplaçante. La remplaçante de sa fille. Aujourd'hui, vous vous y mettez à deux d'un coup. Alors c'est quoi ! Un complot ? Une association de malfaiteurs?

Mannix — On ne se connaît même pas.

Marc — C'est la première fois qu'on se rencontre.

Mannix — Tu l'as dit toi-même, on passe par hasard.

Marc — C'est vrai, je passe devant, alors je me dis : tiens ! On va voir si Roman est chez lui.

Mannix — Eh oui, et moi c'est pareil.

Roman — C'est elle qui vous a demandé de passer.

Mannix — En fait... elle... elle a rien demandé... elle nous a juste dit que... si... si par hasard.

Marc — À l'occasion, si vous avez le temps, arrêtez vous donc en passant voir des fois si Roman n'a besoin de rien.

Mannix — Tu n'as besoin de rien ?

Roman — Non.

Mannix — Tu es fâché ?

Roman — Non. Je croyais que je l'étais... mais ça me fait plaisir.

Marc — Eh ben tu vois.

Roman — J'ai tout de même encore l'impression d'être assisté non?

Marc — Pas du tout.

Mannix — Mais pas du tout !

Roman — Et donc elle vous a dit ça à tous les deux sans que vous vous connaissiez.

Mannix — C'est vrai que l'on s'était rencontrés une fois.

Marc — On n'y pensait plus, c'est tout.

Roman — Il y a combien de temps ?

Marc — Trois... petites semaines.

Roman — Je m'en doutais. Depuis quelques temps, ma vie est découpée en portions de trois semaines. C'était où ?

Marc — A l'aéroport. On était allés l'accompagner.

Roman — Merci. C'est sympa. Moi je n'étais pas libre... enfin disons que je ne supporte pas les adieux... quand c'est Lulu qui s'en va.

Marc — C'est ce qu'on s'est dit.

Mannix — Elle t'aime beaucoup tu sais.

Roman — On dirait.

Mannix — Tu n'es pas convaincu ? Te laisser était un déchirement, vraiment.

Roman — Je me demande même parfois si elle n'est pas en train de m'aimer autant que moi je l'aime.

Mannix — C'est évident. C'est beau.

Roman — Non. C'est une catastrophe.

16

De nouveau la vidéo.

On entend un bruit de fond aéroport et la voix de Lulu qui dit : « Eh ! vous deux, les godiches, vous pouvez bouger, c'est pas une photo, c'est un film ! «

Puis, en surimpression :

Lulu — *(off)* Là, c'est Marc et Mannix à l'aéroport, quand je suis partie au Canada. Tu te souviens, ils m'avaient accompagnée parce que pendant la nuit tu m'avais dit que tu détestais les adieux quand c'était moi qui partait. N'empêche que je crois que je n'oublierai jamais cette nuit-là... c'était très beau... très tendre... très doux... très... Même très vieille je n'oublierai pas. Même plus vieille que toi. C'est pas dingue la mémoire ?

Voix de Mannix sur la vidéo : « Attention !! ».

Lulu — *(off)* Non mais regarde Marc là, il a encore failli tomber ! C'est fou, un type qui tombe tout le temps non ?

Voix de Marc sur la vidéo : « C'est le sac, j'ai buté dedans.»

Lulu — *(off)* Et tu te souviens, au retour ?...

17

On sonne. Elle ouvre. C'est Mannix.

Mannix — Salut les enfants !

Lulu — *(l'embrasse)* Papa ! C'est la surprise !

Roman — Salut Mannix.

Mannix — Vous avez l'air en pleine forme ! *(il regarde Lulu)* un peu pâlotte toi, *(et Roman)* et toi ? *(à Lulu)* Il a bonne mine non ?

Lulu — Ouais.

Mannix — *(qui a un pansement sur l'oreille)* Je me suis pris un ballon de basket dans l'oreille. Les petits cons du rez-de-chaussée. Je vais les faire enfermer moi je te le dis. Pourtant je ne suis pas raciste. En plus ils sont blancs. Ils m'ont éclaté la tête ! La douleur ! J'entends plus rien.

Roman — Une douleur sourde.

Mannix — Une douleur ?

Roman — Sourde !

Mannix — Je ne vous dérange pas longtemps.

Roman — Prends tout de même un café.

Lulu — D'accord, je vais faire un café. Si vous vous ennuyez appelez-moi, j'adore les souvenirs de régiment.

Elle sort.

Roman — Vas-y.

Mannix — Où ?

Roman — Vas-y. Dis-le.

Mannix — Quoi ?

Roman — Ne me dis pas que tu es monté par hasard. Tu as trouvé Lulu pâlotte alors vas-y. Je t'écoute. En plus elle est allée faire le café dans la salle de bains, donc je pense que tu as un truc à me dire...

Mannix — C'est à cause de tes idées à la con.

Roman — Merci d'être venu...

Mannix — Je ne te comprends pas du tout. Et elle non plus.

Roman — Première nouvelle.

Mannix — Elle est à chaque fois et surprise et peinée. Elle a même beaucoup de peine.

Roman — De la peine ? Elle ne me l'a jamais dit.

Mannix — Elle ne dit jamais rien, on doit deviner.

Roman — Je sais mais parfois ce n'est pas facile, on ne sait même pas qu'il y a quelque chose à deviner.

Mannix — C'est elle qui n'est pas facile.

Roman — Non, elle est extraordinaire. Hors de l'ordinaire. Plus que l'ordinaire.

Mannix — Alors garde-la. Elle est rare. Garde-la. Roman garde-la.

Roman — Non, je ne veux pas qu'elle passe sa vie avec mes derniers jours.

Mannix — C'est ce qui lui plaît.

Roman — Faux ! À 25 ans c'est faux, à 25 ans on ne peux pas aimer un vieillard qui vieillit.

Mannix — Arrête de nous gonfler avec ton âge !! C'est toi qu'elle aime, alors elle ne comprend pas.

Roman — Mais si, elle comprend, je lui ai expliqué que la seule façon pour elle de me quitter était de trouver quelqu'un d'autre. Donc, je cherche.

Mannix — Et c'est ça qu'elle ne comprend pas.

Roman — C'est vrai que c'est tordu.

Mannix — C'est le moins.

Roman — Mais je l'aime et c'est ça l'amour, le plus vrai, le plus grand.

Mannix — Le plus tordu.

Roman — On est souvent tordu quand on est grand.

Mannix — Voûté, tout au plus voûté.

Roman — Et bien mon amour à moi pour elle est tellement grand, tellement grand, qu'il est tordu. *(Silence).*

Je veux qu'elle soit heureuse et ça ne peux pas être avec moi.

Mannix — Elle dit le contraire. Sûrement pour que je transmette. Donc je transmets !!

Roman — Antoine...

Mannix — Aïe !

Roman — Je voulais... juste te remercier, Antoine.

Mannix — Aïe !

Roman — Arrête ! Je ne t'ai jamais remercié alors je voulais le faire c'est tout.

Mannix — Aïe !

Roman — Mais c'est quoi ? La douleur sourde ?

Mannix — Non. Je t'entends très bien et je n'aime pas trop que tu me remercies. J'ai peur d'avoir mal.

Roman — Je te remercie d'avoir accepté cette situation dès le départ.

Mannix — Lulu t'aimait dès le départ..

Roman — Tu n'étais pas obligé de suivre...

Mannix — Tu l'aimais aussi. Nous sommes les deux personnes qui l'aimons le plus au monde.

Roman — Peut-être...

Mannix — C'est sûr.

Roman — La certitude c'est terrible Antoine. Je pense que tu as raison tu l'aimes autant que moi je l'aime. Mais toi aussi un jour tu as admis qu'elle puisse partir avec un autre et encore un autre et avec moi qui suis aussi vieux que toi !

Mannix — Mais quel rapport ! Qu'est-ce que tu mélanges !

Roman — Je ne mélange rien, je l'aime comme un fou mais je suis vieux comme toi.

Mannix — Je ne suis pas vieux, merde !

Roman — D'accord, on est tous les deux restés très jeunes de caractère.

Mannix — Très.

Roman — Mais on est un peu vieux non ?

Mannix — On n'est pas vieux, je te dis qu'on n'est pas vieux !

Roman — Bon. On n'est pas vieux. Mais la vieillesse c'est tout de même une question d'âge non ?

Mannix — Évidemment si tu chipotes...

Roman — On est jeunes grâce à elle Antoine. JE suis jeune grâce à elle. Quand je suis avec elle j'ai l'impression d'avoir son âge... son âge avec mon expérience... c'est inhumain... et en même temps c'est extraordinaire... si tu savais comme c'est extraordinaire... si tu savais... vivre avec elle tous les jours, toutes les nuits, savoir que si je tends le bras je vais trouver sa peau si lisse, si douce... tu parlais de certitude... ça c'est une certitude. Tu comprends Antoine... une certitude. Tu tends le bras... et tu es sûr qu'elle est là. Et tu te dis, un jour... si un jour... parce que bon, une certitude en fin de compte, rien n'est moins sûr non ? Un jour tu tends le bras et tu rencontres un drap. Froid. Rêche. Un drap. Ça peut arriver un matin. Je peux me réveiller un matin et je ne la verrai pas sortir de la salle de bains avec les cheveux trempés et un tee-shirt qui lui descend juste au ras des fesses... Excuse-moi... Mais c'est tellement beau tu sais... Tellement beau... une œuvre d'art... Botticelli... sauf que Botticelli les tee shirts... Bon. Mais tellement beau... et puis c'est tout le temps tu comprends... se promener avec elle Antoine tu n'imagines pas le plaisir de l'entendre parler aux gens, leur répondre, les décontenancer, de... de... je ne sais pas moi... je ne sais plus... Antoine, c'est trop.

Mannix — Arrête de m'appeler Antoine ! Et arrête de raconter ta vie... Vos vies... Vos vies que tu détruis. Plus tu parles et plus je sens que je vais te haïr ! Tu n'as pas le droit ! Pas le droit de... de... je m'en vais. Tu es insupportable. Je ne te supporte plus !

Roman — Laisse-moi parler !

Mannix — Rien du tout. Je m'en vais.

Roman — Je ne comprends pas que tu ne comprennes pas que ça va se terminer. Ce que je vis avec Lulu c'est pas la vie, c'est un instant, un instant de ma vie et de la sienne *(Lulu entre avec une carafe d'eau pleine à la main. Ils ne la voient pas. Elle s'arrête et écoute.)* C'est pour ça que c'est si beau, si intense, parce que c'est un flash, un éclair, c'est aussi fort qu'un éclair et aussi éphémère. C'est ça que je crois. Un éclair.

Mannix — Salut.

Il va vers la porte et voit Lulu. Roman aussi. Toute la détresse du monde se lit sur le visage de Lulu. Elle baisse les bras et l'eau de la carafe commence à couler sur le sol.

Mannix — *(doucement)* Salut.

Il sort. Roman et Lulu restent face à face, l'eau continue de couler de la carafe avec les larmes sur le visage de Lulu.

18

On entend un grand bruit. Lulu entre avec beaucoup de mal et avec ses valises. Elle en laisse tomber une ou deux, les ramasse comme elle peut.

Roman — Qu'est-ce que c'est que ça !

Lulu — C'est moi. *(Elle s'écroule dans un fauteuil avec ses valises).* Je suis crevée.

Roman — Je croyais que tu étais partie pour le week-end.

Lulu — Moi aussi, je croyais.

Roman — Mais on est samedi matin, tu es partie hier soir...

Lulu — Je sais. Je suis crevée.

Roman — *(inquiet)* Il y a eu un problème ?

Lulu — Il était gentil.

Roman — C'est bien non ?

Lulu — Bien sûr que non c'est pas bien ! Je n'ai pas supporté, je suis rentrée.

Roman — Attends... Vous étiez.... Ça fait tout de même 300 kilomètres. Tu... Tu es rentrée comment...

Lulu — Il m'a ramenée.

Roman — Il n'est pas resté non plus ?

Lulu — Non. Il m'a dit que si je rentrais, il ne restait pas. Bon, dans un sens si tu veux ça m'arrangeait, pour le transport...

Roman — Il s'est payé 600 bornes aller retour entre hier soir et...

Lulu — Les embouteillages hier soir. Une horreur.

Roman — ...Entre hier soir et ce matin !

Lulu — Et tu sais que je ne supporte pas les embouteillages, j'ai failli vomir dix fois. À un moment je lui ai demandé de s'arrêter et j'ai couru autour de la voiture.

Roman — Pour quoi faire ?

Lulu — Pour le mal de cœur, pour que ça me le fasse passer.

Roman — Ça marche ça ?

Lulu — Non.

Roman — Il a dû te prendre pour une folle.

Lulu — Pas du tout. Il était gentil. Il trouvait tout normal. Normal.

Roman — Tout de même, à ce point-là...

Lulu — Justement si, à ce point-là ! C'était insupportable. En arrivant à l'auberge prévue dans son plan d'invasion, je n'ai plus eu du tout mal au cœur, J'avais très faim d'un seul coup. Alors lui, il voulait qu'on se repose un petit peu avant d'aller dîner tout ça... comme ça se fait quoi tout ça... C'est vrai qu'il était 18 heures 45... Alors moi je lui ai dit pas question, j'ai trop faim il faut absolument que je mange tout de suite.

Roman — Alors ?

Lulu — Alors on a mangé.

Roman — Et après ?

Lulu — Après, d'un seul coup j'avais très sommeil. Alors je lui ai dit j'ai très sommeil, vous devriez vous balader, regarder la télé, lire un bouquin ou je ne sais pas quoi pendant que moi je vais dormir.

Roman — Et alors ?

Lulu — Il est resté devant la télé avec un bouquin, il ne voulait pas se balader. Il pleuvait. Et moi je suis allée dormir.

Roman — Et ?

Lulu — Et je n'ai pas fermé l'œil. Je pensais sans arrêt à toi. Vers minuit il est monté, il a tout doucement ouvert la porte et il est entré dans la chambre. Moi je me suis levée d'un seul coup et je lui ai dit : Jean-Paul, je suis désolée, il faut que je rentre, cet endroit m'oppresse totalement.

Roman — Quel cinéma !

Lulu — Quel cinéma ! Je n'arrivais plus à respirer figure-toi ! Pour de vrai !

Roman — Comment ça pour de vrai !

Lulu — Parce que tu étais ici et moi là-bas et je ne sais pas pourquoi moi... Peut-être que tu es mon oxygène ! *(silence)* sans en avoir l'air... Je te rappelle que c'est toi qui m'a demandé de tout te dire, de ne rien te cacher.

Roman — Je t'ai dit de ne rien me cacher jamais.

Lulu — Donc ne fais pas la gueule, je te dis tout et je ne te cache rien.

Roman — C'est ce qui est formidable, ce sont eux que tu trompes avec moi et pas moi avec eux.

Lulu — Tu es vraiment le vieux le plus tordu que je connaisse.

Roman — Écoute-moi.

Lulu — Non, rien du tout *(elle se bouche les oreilles).*

Roman — Tu m'entends ?

Lulu — Non.

Roman — Alors écoute. Ce qui serait terrible c'est que par exemple tu me caches que tu as vu ce type, que tu inventes un emploi du temps... que tu me trompes quoi. Si au contraire tu me racontes ce que tu fais, que tu n'as pas besoin de mentir, c'est lui que tu trompes parce qu'il ne sait pas que tu me dis tout. Et toi et moi on est complice. De plus en plus complice parce qu'on s'aime de plus en plus et qu'il ne peut rien y avoir de faux entre nous, même si en même temps je veux que tu partes. Tu as entendu ?

Lulu — Non. Mais tu as raison. C'est sûrement mieux comme ça. *(Il l'embrasse)* Mais moi, je préférerais ne rien avoir à raconter, je préfère rester avec toi. Je n'ai pas besoin des types que tu me présentes. Je ne cherche pas mieux que toi. Le problème c'est que je trouve moins bien.

Roman — Pour l'instant.

Lulu — En fait, tu racontes que tu fais ça pour moi. En réalité tu es égoïste. C'est pour toi. Parce que tu as peur que je m'en aille dans quatre ou cinq ans quand tu seras définitivement très vieux.

Roman — C'est pas faux. Je crois qu'il vaut mieux maintenant que dans cinq ans... Mais il n'y a rien de très très urgent tu sais... la priorité c'est que tu ne sois pas malheureuse. Donc il te faut un mec sympa. *(Il l'embrasse sur le front)* Attendons de le trouver.

Lulu — J'aurais mieux fait de laisser mes mains sur mes oreilles *(elle part dans la salle de bains).*

Lulu — *(off)* Je vais me débrouiller toute seule.

Roman — Ah bon.

Lulu — *(réapparaît)* Toute seule, avec des types que tu ne connais pas et que tu ne pourras pas démolir. Parce que ça aussi c'est tordu de me les présenter et de les démolir !

Roman — Oui, je sais.

Lulu — Je n'ai pas besoin de toi. Je vais ressortir la minijupe rouge et je vais attendre le bus. Je vais bien trouver un toréador ou un porchiste serviable.

Roman — C'est quoi un porchiste ?

Lulu — Un mec qui a une Porsche avec de l'essence

dedans et qui ne veut pas laisser une minijupe rouge attendre un bus alors que c'est dimanche et que des bus y en a pas.

Roman — Je n'ai pas confiance dans ces mecs-là.

Lulu — Et moi je n'ai plus confiance ni en toi, ni en tes amis. On commence à en avoir fait le tour de tes amis. Maintenant on en est à d'anciens collègues de la télé.

Roman — Ils sont sympa.

Lulu — Très. Sûrement très. Mais j'ai décidé de me trouver mes amis toute seule. En attendant je vais vivre chez ma mère pour de vrai pendant quelque temps.

Roman — Qu'est-ce que c'est que cette histoire ?

Lulu — Ce n'est pas une histoire. Il faut que j'essaie de te quitter Roman et je pense que te quitter c'est pas évident si je reste. *(Silence)* Il faut vraiment que j'essaie de voir si la vie sans toi c'est quand même la vie ou si j'avale la pharmacie. Donc je pars.

Roman — Chez ta mère.

Lulu — Oui. Autant que les conditions soient les plus mauvaises possibles.

Roman — Ça ne me plaît pas du tout.

Lulu — C'est une bonne nouvelle

Roman — Alors tu restes.

Lulu — Non.

Roman — Tu es fâchée.

Lulu — C'est idiot cette question.

Roman — Tu vas revenir quand ?

Lulu — Je ne sais pas. Quand je ne tiendrai plus le coup sans toi ou jamais si je tiens le coup.

Roman — Mais est-ce que tu vas être heureuse ?

Lulu — Deuxième question idiote. Celle-là est mieux que

l'autre. *(Silence)* J'espère que oui, je serai heureuse. *Silence.*

Roman — Et sinon... comment... comment ils sont ?

Lulu — C'est quoi ? c'est une question ça ?

Roman — Sinon... comment ils sont au lit ?... *(silence).*

Lulu — Pourquoi cette question ? *(silence)* Tu ne m'as jamais posé cette question ? *(silence)* Il faut maintenant que je te donne des détails sur le lit ? *(silence).*

Roman — Non... non, je ne sais pas pourquoi j'ai demandé ça.

Lulu — J'espère... pendant quelques instant je me suis dit ça y est, on vient de passer un cap.

Roman — Non Lulu.

Lulu — Que dis-je un cap ! Une péninsule !

Roman — Excuse-moi.

Lulu — Tu es le type le plus abject que je connaisse et si je ne t'aimais pas, je crois que je te détesterais.

19

Les jours passent.

Roman est seul. Au téléphone :

Roman — Oui... Bien sûr... Mais je comprends mal, tu quoi ? Ah... de me quitter dans ta tête... Mais non... C'est toi qui crois que ce n'est pas facile... C'est facile... Mais si c'est facile... Et bien c'est psychosomatique, je suis désolé... Quoi ?..tu es où là... Comment en bas... Dans la cabine en bas ?... Mais pourquoi dans la cabine en bas !... Si tu es dans la cabine en bas, monte !.. Mais bien sûr que oui!... Mais bien sûr que non !...

Il raccroche et est pris d'un seul coup d'une frénésie de rangement, assiettes sales, coussins, petits meubles, journaux etc...

Sonnerie.

Roman — J'arrive !! *(Elle entre habillée en guide de montagne)* L'ascenseur est en panne ? Tu es montée par la face nord ?

Lulu — J'avais oublié.

Roman — Quoi ?

Lulu — Le maximum de conneries que tu peux dire dans le minimum de temps.

Roman — Tu oublies vite. Moi je n'avais pas oublié.

Lulu — Quoi ?

Roman — Que tu étais si belle et que tu sentais si bon.

Lulu — Restons calmes.

Roman — L'ascenseur est en panne ?

Lulu — Non. Il m'emmène faire de la varlope.

Roman — Varappe, Lulu. De la varappe.

Lulu — Varappe. C'est la tenue pour.

Roman — J'avais reconnu... à peu près... Alors ?

Lulu — Alors ? C'est un sportif. Les sportifs ne sont pas des gens comme toi et moi. Les sportifs parlent de sport, pensent au sport, font du sport....

Roman — C'est bien, le sport...

Lulu — Oh ! Je t'en prie ! Ne prends pas sa défense ! C'est bien deux minutes. Tu as déjà vu un but marqué par... Bon, je ne sais plus comment il s'appelle... un nom en i... Bref un but marqué en 8 minutes 28 ?

Roman — C'est quoi ? Du football ?

Lulu — Ouais.

Roman — Parce que moi le football...

Lulu — Et bien moi qui te parle, je l'ai vu marquer un but en 8 minutes 28.

Roman — C'est long non ?

Lulu — Image par image, examiné sous toutes les coutures... 4 fois de suite... C'est dommage parce que sinon il est sympa, il fait des efforts.

Roman — Quels efforts ?

Lulu — Pour être comme je veux qu'il soit.

Roman — Et tu veux qu'il soit comment ?

Lulu — Comme toi.

Roman — C'est-à-dire ?

Lulu — Tu cherches quoi ? Des compliments ?

Roman — C'est toujours bon à prendre. Il t'attend Lulu. Si tu veux appelle-moi.

Lulu — C'est vrai. Il m'attend. *(Elle sort, et réapparaît immédiatement)* En plus... en plus je n'arrive pas à dormir à côté de lui, il me donne des coups de pieds.

Roman — Alors là c'est la goutte d'eau, je la reconnais !

Lulu — Quelle goutte d'eau ?

Roman — Celle qui fait déborder le vase ! Les coups de pieds ! C'est la goutte d'eau.

Lulu — Bien sûr que c'est la goutte d'eau... ce type est invivable ! Invivable... Je reviens alors ?...

Roman — Ce n'est qu'une toute petite goutte d'eau Lulu...

Lulu — Alors je reviens pas ?...

Roman ne répond pas. Il regarde Lulu. Lulu ouvre la porte et sort.

20

Le temps passe encore.

Roman et Lulu.

Lulu est en jeans et blouson. Elle vient d'arriver.

On entend des coups sourds.

Roman — C'est Marc. Je l'ai enfermé dans la salle de bains quand j'ai su que tu montais.

Lulu — Pourquoi il frappe ?

Roman — Il ne sait pas qu'il est enfermé alors il doit s'inquiéter.

Lulu — Ouvre-lui !...C'est dingue ça... le pauvre...

Roman — Je voulais te voir un peu seul... cinq minutes.

Lulu — Tu as eu cinq ans pour ça. Ce n'est pas une raison pour séquestrer un ami.

Roman — *(se dirige vers la salle de bains)* Voilà voilà !... *(Marc refrappe)* Qui est-ce ? *(il ouvre).*

Marc — *(sort comme un fou)* Comment qui est-ce ! Mais c'est moi ! J'étais enfermé dans la salle de bains !

Lulu — Marc ! Quelle surprise !

Marc — Lulu !

Roman — Marc et Lulu.

Marc — Lulu.

Lulu — Marc. Ça va ?

Roman — On dirait dix ans d'absence.

Marc — Oui. Sans Lulu le temps est long. Ça fait combien ?

Roman — Trois semaines... comme d'habitude.

Lulu — C'est vrai que c'est long... et court à la fois.

Roman — C'est connu le long court. Il y a même des capitaines...

Lulu — Par moment on se dit qu'on a tort de revenir...

Marc — Tu es revenue ?

Lulu — Non. Mes demandes de réintégration ont été à chaque fois refusées par les autorités compétentes.

Elle montre Roman de la tête. il tourne ostensiblement le dos.

Marc — Fais appel. Va en Cassation !

Lulu — Non. Je suis un peu fatiguée.

Marc — Lulu ! Pour moi...

Lulu — C'est gentil Marc. Mais non. Mais je te laisse mon adresse, mon téléphone, mon fax, on pourra se voir, se téléphoner, se faxer...

Marc — Bien sûr... Oui... C'est super... mais tu sais je me rends compte que je m'étais habitué à vous voir ensemble... Ce qui me manque c'est de ne pas vous voir tous les deux. De ne pas vous savoir tous les deux...

Lulu — En fait, c'est pas tellement moi qui te manque, c'est moi avec lui.

Marc — C'est ça ! Enfin... oui, c'est un peu ça... tu n'es pas fâchée ?

Lulu — Non. Tu as raison. Notre vie commune n'était pas très commune, mais on était comme une seule personne.

Marc — C'est vrai ! c'est vrai ce que tu dis. Une seule personne.

Lulu — Et là, tu vois, il est en train de se couper en deux. *(À Roman)* Tu n'as pas trop mal ?

Roman — *(se retourne)* Pas plus que n'importe qui qui se coupe en deux... pas moins non plus. C'est atroce.

Marc — *(à Lulu)* Tu es sûre que tu ne reviens pas ? Reviens. *(À Roman)* Roman, elle ne revient pas ?

Lulu — Ne lui demande pas à lui. C'est moi qui décide. Je ne reviens pas. Je ne reviens plus. Je passe. Pour dire bonjour, pour parler, pour dire au revoir. Plus pour rester.

Marc — Tu... tu es avec... tu vis... tu es seule ?

Lulu — Oui. Seule.

Roman — Avec qui ?

Lulu — Sans intérêt...

Roman — Toujours Christophe ?

Lulu — Non. Fini.

Roman — Il y a encore trois semaines, il t'emmenait faire de la varappe.

Lulu — Je sais, il aurait pu devenir basic. Mais non.

Marc — C'est quoi ? Basic.

Lulu — Le vêtement de base. Classique. Pratique, sans surprise mais dans le coup. Comme Christophe quoi.

Marc — J'ai pas connu.

Lulu — Tout ça va un peu vite c'est sûr.

Roman — Et pourquoi fini le basic ?

Lulu — Trop sportswear.

Marc — Vous savez que je viens de me rendre compte d'une chose !

Roman et Lulu — Oui ?

Marc — Depuis que je vous connais, je n'ai jamais rien compris de ce que vous disiez.

Roman — Arrête de plaisanter. *(À Lulu)* et le nouveau alors ?

Marc — Je ne plaisante pas. Je crois même que c'est

pour ça que je vous aime tous les deux.

Lulu — Le nouveau n'est pas mal. Bien. Très bien même.

Roman — C'est ce que tu dis toujours au début. Tu te précipites et après tu regrettes.

Lulu — Je fais mes expériences.

Roman — Tu les fais tête baissée.

Lulu — Du moment que je m'en sors la tête haute...

Marc — Qu'est-ce que je disais. Rien. Que dalle. Je pige que dalle.

Roman — Et c'est fini aussi avec ce petit dernier ?

Lulu — Pas encore mais c'est une question d'heures, il veut m'épouser.

Marc — C'est formidable !!! *(silence)* Non ? peut-être que non...

Roman — Tu vas pouvoir nous le présenter, tu as une demande en mariage ?

Lulu — Oui. Quand je t'ai appelé hier soir, je n'étais pas chez ma mère. J'étais chez lui. *(Silence).*

Roman — *(incrédule)* Tu m'as dit que tu étais de nouveau retournée chez ta mère. Tu m'as menti.

Lulu — Oui... pendant quelques heures c'est tout.

Roman — Tu m'as menti.

Lulu — Mais je te dis la vérité maintenant.

Roman — Maintenant c'est autre chose. C'est après le mensonge.

Lulu — Je n'ai pas menti. J'ai différé la vérité.

Roman — Si nous n'avions pas parlé de ça ce soir, tu ne m'aurais rien dit.

Lulu — Maintenant non, mais demain.... ou après demain...

Roman — Ou jamais.

Marc — Jamais ! Tout de suite les grands mots ! elle l'aurait dit demain...

Lulu — Demain ou après demain ou jamais ! Ou quand j'en aurais eu envie !! J'en ai marre de tout te dire tout de suite ! Je veux une vie privée moi si tu crois que c'est facile de te dire tout le temps la vérité. Aujourd'hui je n'étais pas dans les dispositions nécessaires à l'exposé de la vérité dans les trente secondes de mon retour de chez ma mère... *(silence)* Oui, bon, ça m'a échappé. De mon retour de... de là où j'étais *(silence).*

Marc — *(à Roman)* Tu vois, tu l'as énervée.

Lulu — *(à Roman)* Je sais que c'est la première fois que je te mens. Mais c'est la première fois que j'ai envie de te mentir.

21

Lulu — *(off)* Voilà, Roman, c'est la fin de la cassette. J'espère que ça ne t'a pas zappé le moral.

La cassette s'arrête et une lumière fixe éclaire Roman.

Lulu sort de la salle de bains.

Roman — *(sans se retourner)* Lulu ?... Je sentais que tu étais là...

Lulu — Je ne veux pas que tu te retournes Roman, j'ai un service à te demander.

Roman ne bouge pas. Il regarde fixement l'écran devenu vide d'image et qui éclaire son visage.

Roman — (*doucement. Il sait que cette fois c'est grave*) C'est pas aujourd'hui que je vais te refuser un service...

Lulu avance dans la pièce

Lulu — Je veux que tu m'écoutes sans bouger... Tout à l'heure, quand madame Gonzalès est montée te déposer cette cassette, je suis montée avec elle. Au dernier moment je ne voulais plus que tu regardes, je voulais te parler avant... et puis je n'ai pas osé... et puis tu as regardé tout de suite, si vite, si intensément... alors je n'ai rien dit, je suis restée dans la salle de bains... j'ai revu tout nos souvenirs en même temps que toi... c'était bien... *(Roman est toujours immobile, les yeux fixés sur l'écran vide d'image.)*

Roman — *(doucement, comme pour lui même)* Pourquoi je te refuserai un service...

Lulu — J'espère que ça t'a plu à toi aussi. La cassette bien sûr, et surtout la vie. La vie avec moi. Moi avec toi j'ai trouvé ça formidable, ou exceptionnel ou extraordinaire... c'est bizarre qu'il n'existe pas de mots pour traduire comment j'ai trouvé ça. J'ai trouvé ça plus que tous les mots qui existent. Tu as été tout pour moi pendant cinq ans de ma vie. J'ai vécu avec toi, pour toi, j'étais toi.

Roman — *(tout doucement)* Je t'en ai jamais refusé de service, alors tu penses... ce serait le comble...

Lulu — Tu m'as aidé cent fois plus que je ne t'ai aidé. Tu m'as tout appris, tout fait comprendre, tu m'as fait penser ce que tu pensais, aimer ce que tu aimais. Tu croyais que je m'occupais de toi ? Pour une fois, tu t'es trompé. C'était moi la vieille quand je t'ai rencontré, c'était moi l'invalide dans ma tête. C'est toi qui m'as soignée, toi qui m'as forcée à vivre, toi qui m'a donné envie de continuer à faire mon métier. Alors je te remercie. Tout ce que j'ai trouvé pour ça Roman c'est cette cassette. Pour que les souvenirs te reviennent comme ils me reviennent à chaque instant nuit et jour.

Roman — Et puis j'aime bien te rendre service... Et il ne faut pas croire que je ne t'entends pas quand j'ai le dos tourné. J'entends tout.

Lulu — Cette cassette c'était aussi pour te dire ça : il s'appelle Philippe et je l'aime. Autrement. Autrement que toi. Et tout ça est très compliqué pour la petite Lulu. Et j'espère que tout va se simplifier parce qu'il vit à Toronto. Ça te rappelle des trucs ? C'est toi qui a insisté pour que je fasse le film. Je pars. Je pars avec lui. Je ne me pose plus de questions. Il a trente ans, je l'aime et je pars avec lui vivre et travailler à Toronto. Le film a très bien marché là-bas. Je suis devenue une vedette. Je vais faire tous les rôles d'autistes françaises dans toutes les séries télévisées sur les autistes françaises.

Roman — *(toujours comme pour lui-même)* En plus je n'ai pas spécialement envie de bouger... je vois pas pourquoi je bougerais...

Lulu — Je t'écrirai en arrivant. Une lettre. Je crois que les cassettes je n'ai plus envie. Je te donnerai notre adresse. Je lui ai parlé de toi. Mais pas trop, comme tu m'avais dit. Je lui ai dit que je ne pouvais pas vivre sans avoir de nouvelles de toi et sans que tu en aies de moi. Il est d'accord. Il préfère que je vive.

Roman — (*toujours doucement*) Il préfère que tu vives... si c'est lui qui décide maintenant... moi aussi je préfère que tu vives... moi aussi...

Lulu — Et... et je voulais te dire Roman... j'ai un peu peur de tout ça... les gens changent... et puis la vie à deux j'ai pas l'habitude (*Roman bouge, surpris.*) Tu m'as promis de ne pas bouger ! *(il s'immobilise)* Je veux dire que toi et moi on ne faisait qu'un, alors quand tu ne fais qu'un c'est pas la vie à deux non ? Donc j'ai pas l'habitude. En tout cas ça me fait peur... Je ne sais pas... je ne sais pas si... enfin... S'il te plaît Roman : ne t'éloigne pas trop.

Lulu qui s'est petit à petit approchée de la porte, sort. Roman reste parfaitement immobile.

RIDEAU

Dans la même collection
- Théâtre en Poche -

Paroles Parlées
de Sylvie Florian-Pouilloux

Le Limier
d'Anthony Shaffer

Albert et son Pont
de Tom Stoppard

Le Keurps
de Gilles Costaz

Couleur d'Août
de Paloma Pedrero

La Paix du Dimanche
de John Osborne

Le vrai et le faux O'Brien
de Patrizia Monaco

Independence
de Lee Blessing

Giroise - La Porte
de Jean-Claude Carrière

Le Maestro
de Luigi Lunari

Gertrud
de Hjalmar Söderberg

Bent
de Martin Sherman

Les Abîmés
de Michaël Cohen

Achevé d'imprimer sur rotative
par l'imprimerie Darantiere à Dijon-Quetigny
en mars 1997

Mise en page Mireille Veyssière

ISBN 2-910333-47-7
ISSN 1248-6833

Dépôt légal : 4e trimestre 1996
N° d'impression : 97-0191

LES ÉDITIONS DU LAQUET
rue Droite, près l'Église 46600 Martel
Tél. 05 65 37 43 54 Fax 05 65 37 43 55